Lettre à Monsieur Chauvet

Alessandro Manzoni

Lettre à Monsieur Chauvet

Alessandro Manzoni

LETTRE À MONSIEUR CHAUVET

SUR L'UNITÉ DE TEMPS ET DE LIEU

DANS LA TRAGÉDIE

MONSIEUR,

C'est une tentation à laquelle il est difficile de résister, que celle d'expliquer son opinion à un homme qui soutient l'opinion contraire avec beaucoup d'esprit et de politesse, avec une grande connaissance de la matière et une ferme conviction. Cette tentation, vous me l'avez donnée, Monsieur, en exposant les raisons qui vous portent à condamner le système dramatique que j'ai suivi dans la tragédie intitulée, Il conte dí Carmagnola, dont vous m'avez fait l'honneur de rendre compte dans le Lycée français. Veuillez donc bien subir les conséquences de cette faveur, en lisant les observations que vous m'avez suggérées.

Je me garderai bien de prendre la défense de ma tragédie contre vos bienveillantes censures, mêlées d'ailleurs d'encouragemens qui font plus, pour moi, que les compenser. Vouloir prouver que l'on a fait une tragédie bonne de tout point est une thèse toujours insoutenable, et qui serait ridicule ici, à propos d'une tragédie écrite en italien, par un homme dont elle est le coup d'essai, et qui ne peut, par conséquent, exciter en France aucune attention. Je me tiendrai donc dans la question générale des deux unités; et lorsqu'il me faudra des exemples, je les chercherai dans d'autres ouvrages dont le mérite est constaté par le jugement des siècles et des nations. Que s'il m'arrive parfois d'être obligé de parler de Carmagnola, pour raisonner sur l'application que vous faites de vos principes à ce sujet particulier de tragédie, je tâcherai de la considérer comme un sujet encore à traiter.

Dans une question aussi rebattue que celle des deux unités, il est bien difficile de rien dire d'important qui n'ait été di: vous avez cependant envisagé la question sous un aspect en partie nouveau; et je la prends envisagé volontiers telle que vous l'avez posée: c'est, je crois, un moyen de la rendre moins ennuyeuse et moins superflue.

J'avais dit que le seul fondement sur lequel on a pendant long-temps établi la règle des deux unités est l'impossibilité de sauver autrement la loi essentielle de la vraisemblance; car, selon les partisans les plus accrédités de la règle, toute illusion est détruite dès que l'on s'avise de tranporter d'un lieu dans un autre, et de prolonger au-delà d'un jour, une action représentée devant des spectateurs qui n'y assistent que pendant deux ou trois heures, et sans changer de place. Vous paraissez donner peu d'importance à ce raisonnement. «C'est moins encore», dites-vous, «sous le rapport de la vraisembiance qu'il faut considérer l'unité de jour et de lieu, que sous celui de l'unité d'action et de la fixité des caraetères.» J'admettrai donc, ces deux conditions comme essentielles à la nature même du drame, et j'essaierai de voir s'il est possible d'en déduire la nécessité de la règle.

J'aurais toutefois, je l'avoue, désiré que vous vous fussiez énoncés d'une manière plus explicite sur la question spéciale de la vraisemblance. Comme c'est le grand argument que l'on a opposé jusqu'ici à tous ceux qui ont voulu s'affranchir de la règle, il aurait été important pour moi de savoir si vous le tenez aujourd'hui pour aussi solide qu'il l'a toujours paru, ou si vous avez consenti à l'abandonner. Il arrive quelquefois que des principes soutenus long-temps par des raisonnemens faux se démontrent ensuite par d'autres raisonnemens. Mais, comme le cas est rare, et comme la variation dans les preuves d'un système est toujours une forte présomption contre la vérité de son principe, j'aurais aimé à savoir si c'est pour avoir trouvé insuffisantes ou fausses les anciennes raisons alléguées en faveur du système établi, que vous en avez cherché de nouvelles.

Avant d'examiner la règle de l'unité de temps et de lieu dans ses rapports avec l'unité d'action, il serait bon de s'entendre sur la signification de ce dernier terme. Par l'unité d'action, on ne veut sûrement pas dire la représentation d'un fait, simple et isolé, mais bien la représentation d'une suite d'événemens liés entre eux. (1) Or cette liaison entre plusieurs événemens, qui les fait considérer comme une action unique, est-elle arbitraire? Non, certes; autrement l'art n'aurait plus de fondement dans la nature et dans la vérité. Il existe donc, ce lien; et il est dans la nature même de notre intelligence. C'est, en effet, une des plus importantes facultés de l'esprit humain, que celle de saisir, entre les événemens, les rapports de cause et d'effet, d'antériorité et de conséquenec, qui les lient; de ramener à un point de vue unique, et comme par une seule intuition, plusieurs faits séparés par les conditions du temps et de l'espace, en écartant les autres faits qui n'y tiennent que par des coïncidences accidentelles. C'est là le travail de l'historien. Il fait, pour ainsi dire, dans les événemens, le triage nécessaire pour arriver à cette unité de vue; il laisse de côté tout ce qui n'a aucun rapport avec les faits les plus importans; et, se prévalant ainsi de la rapidité de la pensée, il rapproche le plus possible ces derniers entro eux, pour les présenter dans cet ordre que l'esprit aime à y trouver, et dont il porte le type en lui-même.

Mais il y a, entre le but du poëte et celui de l'historien, une différence qui s'étend nécessairement au choix de leurs moyens respectifs. Et, pour ne parler de cette différence qu'on ce qui regarde proprement l'unité d'action, l'historien se propose de faire connaître une suite indéfinie d'événemens: le poëte dramatique veut bien aussi représenter des événemens, mais avec un degré de développement exclusivement propre à son art: il cherche à mettre en scène une partie détachée de l'histoire, un group d'événemens dont l'accomplissement puisse avoir lieu dans un temps à peu près déterminé. Or, pour séparer ainsi quelques faits particuliers de la chaîne générale de l'histoire, et les offrir isolés, il faut qu'il soit décidé, dirigé par une raison; il faut que cette raison soit dans les faits eux-mêmes, et que l'esprit du spectateur puisse sans effort, et même avec plaisir, s'arrêter sur cette partie détachée de l'histoire qu'on lui met sous les yeux. Il faut enfin que l'action soit une; mais cette unité existe-t-elle réellement dans la nature des faits historiques? Elle n'y est pas d'une manière absolue, parce que dans le monde moral, comme dans le monde physique, toute existence touche à d'autres, se complique avec d'autres existences; mais elle y est d'une manière approximative, qui suffit à l'intention du poëte, et lui sert de point de direction dans son travail. Que fait donc le poëte? Il choisit, dans l'histoire, des événemens intéressans et dramatiques, qui soient liés si fortement l'un à l'autre, et si faiblement avec ce qui les à précédés et suivis, que l'esprit, vivement frappé du rapport qu'ils ont entre eux, se complaise à s'en former un spectacle unique, et s'applique avidement à saisir toute l'étendue, toute la profondeur de ce rapport qui les unit, à déméler aussi nettement que possible ces lois de cause et d'effet qui les gouvernent. Cette unité est encore plus marquée et plus facile à saisir, lorsqu'entre plusieurs faits liés entre eux il se trouve un événement principal, autour duquel tous les autres viennent se grouper, comme moyens ou comme obstacles; un événement qui se présente quelquefois comme l'accomplissement des desseins des hommes, quelquefois, au contraire, comme un coup de la Providence qui les aneantit; comme un terme signalé ou entrevu de loin, que l'on voulait éviter, et vers lequel en se précipite par le chemin même où l'on s'était jeté pour courir au but opposé. C'est cet événement principal que l'on appelle catastrophe, et que l'on a trop souvent confondu avec l'action, qui est proprement l'ensemble et la progression de tous les faits représentés.

Ces idées sur l'unité d'action me paraissent si indépendantes de tout système particulier, si conformes à la nature de l'art dramatique, à ses principes universellement reconnus, si analogues aux principes même énoncés par vous, que j'ose présumer que vous ne les rejetterez pas. En ce cas, voyez, Monsieur, s'il est possible d'en rien conclure en faveur de la règle qui restreint l'action dramatique à la durée d'un jour et à un lieu invariablement fixé. Que l'on dise que plus une action prend d'espace et plus elle risque de perdre ce caractère d'unité si délicat et sous le rapport de l'art, et l'on aura raison; mais, de ce qu'il faut à l'action des bornes de temps et de lieu, conclure que l'on peut établir d'avance ces bornes, d'une manière uniforme et précise, pour toutes les actions possibles; aller même jusqu'à les fixer, le compas et la montre à la main, voilà ce qui ne pourra jamais avoir lieu qu'en vertu d'une convention purement arbitraire. Pour tirer la règle des deux unités de l'unité d'action, il faudrait démontrer que les événemens qui arrivent dans un espace plus étendu que la scène, ou, si vous voulez, dans un espace trop vaste pour que l'œil puisse l'embrasser tout entier, et qui durent au-delà de vingt-quatre heures, ne peuvent avoir ce lien commun, cette indépendance du reste des événemens collatéraux et contemporains, qui en constituent l'unité réelle; et cela ne serait pas aisé. Aussi ceux qui ont fait la règle n'ont ils songé à rien de tel: c'est pour l'illusion, pour la vraisemblance, qu'ils l'ont imaginée; et il y avait déja long-temps qu'elle était établie sur cette base quand Voltaire a cherché à lui donner un nouvel appui; car s'est lui qui a voulu, le premier, déduiré l'unite de temps et de lien de l'unité d'action, et cela par un raisonnement dont M. Guillaume Schlegel a fait voir la faiblesse et même la bizarrerie, dans son excellent cours de littérature dramatique.

J'avoue, du reste, que cette manière de considérer l'unité d'action comme existante dans chaque sujet de tragédie, semble ajouter à l'art de grandes difficultés. Il est, certes, plus commode d'imposer et d'adopter des limites arbitraires. Tout le monde y trouve son compte: c'est pour les critiques une occasion d'exercer de l'autorité; pour les poëtes, un moyen sûr d'être en règle, en même temps qu'une source d'excuses; et enfin pour le spectateur, un moyen de juger, qui, sans exiger un grand effort d'esprit, favorise cependant la douce conviction que l'on a jugé en connaissance de cause, et selon les principes de l'art. Mais l'art même, qu'y gagne-t-il sous le rapport de l'unité d'action? Comment lui sera-t-il plus facile de l'atteindre, en adoptant des mesures déterminées de lieu et de temps, qui ne sont données en aucune manière par l'ìdée que l'esprit se forme de cette unité? Voilà, Monsieur, les raisons qui me font croire, en thèse générale, que l'unité d'action est tout-à-fait indépéndante des deux autres. Je vais à présent vous soumettre quelques réf[exions sur les raisonnemens par lesquels vous avez voulu les y associer: je prendrai la liberté de transcrire vos paroles, pour éviter le risque de dénaturer vos idées.

«Pour que cette unité (d'action) existe dans le drame, il faut», dites-vous, «que, dès le premier acte, la position et les desseins de chaque personnacre soient déterminés.» Quand même on admettrait cette necessité, il ne s'ensuivrait pas, à mon avis, que la règle des deux unités dût être adoptée. On peut fort bien, annoncer tout cela dans l'exposition de la pièce, y mettre tous les germes du développement de l'action, et donner cependant à l'action une durée fictive très considérable, de trois mois par exemple. Ainsi, je ne conteste lei cette nouvelle règle que parce qu'elle me semble arbitraire. Car où est la raison de sa nécessité? Certes, il faut que, pour s'intéresser à l'action, le spectateur connaisse la position de ceux qui y prennent part; mais pourquoi absolument dès le premier acte? Que l'action , en se déroulant, fasse connaître les personnages à mesure qu'il s'y raffient naturellement, il y aura intérêt, continuité, progression, et pourquoi pas unité? Aussi cette necessité de les annoncer tous dès le premier acte n'a-t-elle pas été reconnue ni même soupçonnée par plusieurs poètes dramatiques, qui cependant n'auraient jamais conçu la tragédie sans l'unité d'action. Je ne vous en citerai qu'un exemple, et ce n'est pas dans un théâtre romantique que j'irai le chercher: c'est Sophocle qui me le fournit. Hémon est un personnage très intéréssé dans l'action de l'Antigone; il l'est même par une circonstance rare sur le thèàtre grec ; c'est le héros amoureux de la pi èce : et cepndant, non-sculement il n'est pas annoneé dès le premier acte, si acte il y a, mais c'est après deux cliceurs, c'est vers la moitié de la pièce, qu'on trouve la première indication de ce personnage. Sophocle pouvait néanmoins le faire connaître dès l'exposition; il le pouvait d'une manière très naturelle, et dans une occasion qu'un poëte moderne n'aurait sûrement pas nègligée. La tragédie s'ouvre par l'invitation qu'Antigone fait à sa sœur Ismène d'aller, avec elle, ensevelir Polynice leur frère , malgré la défense de Créon. Ismène objecte les difficultés insurmontables de l'entreprise, leur commune faiblesse, la force, prête à soutenir la loi injuste, et la peine qui en suivra l'infraction. Quelle heureuse occasion Sophocle n'avait-il pas là de mettre dans le bouche d'Antigone les plus beaux discours au sujet d'Ilémon, son amant, son futur époux, le fils du tyran! de jeter en avant l'idée du secours que les deux sœurs auraient pu attendre de lui! Le poête ne trouvait pas seulement, dans ce parti, un moyen commode et simple d'annoncer un personnage, mais bien d'autres avantages plus précieux encore dans un certain système de tragédie. Il nouait fortement, par là, l'intrigue dès la première scène; en signalant des obstacles, il faisait entrevoir des ressources, et tempérait, par quelques espérances, le sentiment du péril des personnages vertueux; il annonçait une lutte inévitable entre le tyran jaloux de son pouvoir et le fils chéri de ce tyran; en un mot, il excitait vivement la curiosité. Eh bien!

tous ces avantages, Sophocle les a négligés; ou, pour mieux dire, il n'y avait dans tout cela, rien, non, rien que Sophocle eût regardé comme avantageux, comme digne d'entrer dans son plan.

Vous vous souvenez, Monsieur, de la réponse qu'il fait faire par Antigone à Ismène? «Je n'invoque plus votre secours,» dit-elle; «et si vous me l'offriez maintenant, je, ne l'agréerais pas. Soyez ce qu'il vous plait d'être: moi, j'ensevelirai Polynice, et il me sera beau de mourir pour l'avoir enseveli. Punie d'une action sainte, je reposerai avec ce frère chéri, chérie par lui; car nous avons plus longtemps à plaire aux morts qu'aux habitans de la terre.» Voyez, Monsieur, comme tout souvenir d'Hémon aurait été déplacé dans une telle situation; comment, à côté d'un tel sentiment, il l'aurait dénaturé, affaibli, profané! C'est un devoir religieux qu'Antigone va remplir: une loi supérieure lui dit de braver la loi imposée par le caprice et par la force. Ismène seule, à ses yeux, a le droit de partager son péril, parce qu'elle est sous le même devoir. Qu'est-ce qu'un amant serait venu faire dans tout cela? et comment les chances d'un secours humain pouvaient-elles entrer dans les motifs d'une telle entreprise ?

Ainsi donc, comme toute cette partie de l'action marche naturellement, sans l'intervention d'Hémon, comme sa présence et son souvenir même y seraient inutiles et d'une effet vulgaire, le poëte s'est bien gardé d'y avoir recours. Mais, lorsqu'Hémon commence à être intéressé à l'action, Sophocle le fait annoncer et paraître un moment après. Antigone est condamnée, l'épouse d'Hémon va périr; celui-ci est appelé par l'action même, et il se montre. Sa situation est comprise et sentie aussitôt qu'enoncée, parce qu'elle est on ne peut plus simple. Hémon vient devant son père défendre la vierge qu'il aime, et qui va mourir pour avoir fait une action commandée par la religion et par la nature; c'est alors et alors seulement qu'il doit être question de lui.

Faudra-t-il dire, après cela, que l'Antigone de Sophocle manque d'unité d'action, par la raison que la position et les desseins de tous les personnages ne sont pas établis dès le premier acte? Dans un certain système de tragédie, qui est, à mes yeux, plutôt l'ouvrage successif et laborieux des critiques, que le résultat de la pratique des grands poëtes, on attache une très grande importance à toutes ces préparations de personnages et d'événemens. Mais cette importance même me paraît indiquer le faible du système; elle dérive d'une attention excessive et presque exclusive à la forme, je dirais presque aux dehors du drame. Il semblerait que le plus grand charme d'une tragédie vienne de la connaissance des moyens, dont le poëte s'est servi pour la conduire à bout; qu'on est là pour admirer la finesse de son jeu, et son adresse à se tirer des piéges qu'un art hostile a dressés sur son chemin. On le laisse faire ses conditions dans l'exposition; mais on est, pendant tout le reste de la pièce, aux aguets pour voir s'il les tient. Qu'une situation non préparée trouve place, qu'un personnage non annoncé arrive dans le courant de la tragédie, le spectateur, façonné par les critiques, se révoltera contro le poëte; il lui dira: Je vous comprends fort bien, cette situation n'est nullement ernbrouillée , nullement obscure pour moi; mais je ne veux pas m'y intéresser, parce que j'avais le droit d'y être disposé d'une autre manière. De là encore cette admiration si petite, je dirais presque cette admiration injurieuse pour ce qu'il y a de moins important dans les ouvrages des grands poëtes. Il est pénible de voir les critiques recherelier avec un souci minutieux quelques vers jetés au commencement d'une tragédie, pour faire connaître d'avance un personnage qui jouera un grand rôle, pour annoncer un incident qui amènera la catastrophe: il est triste de les entendre s'émerveiller sur ces petits appréts et vous commander, dans leur froide extase, d'admirer l'art, le grand art de Racine. Ah! le grand art de Racine ne tient pas à si peu de chose; et ce n'est pas par ces graves écoliers que sont dignement attestées les beautés supérieures de la poésie: c'est bien plutôt par les hommes qu'elles transportent hors d'eux mêmes, qu'elles jettent dans un état de charme et d'illusion où ils oublient et la critique et la poésie elle-même, pleinement, uniquement dominés par la puissance de ses effets.

Les autres conditions que vous exigez dans une tragédie, pour que l'unité d'action s'y trouve, sont «que les desseins des personnages se renferment toujours dans le plan que l'auteur s'est tracé, qu'il soit rendu compte au spectateur de tous les résultats qu'ils amènent, non seulement dans le cours de chaque acte, mais encore pendant chaque entr'acte, l'action devant toujours marcher, même, hors de ses yeux; enfin que cette action soit rapide, dégagée d'accessoires superflus, et conduite à un dénouement analogue à l'attente excitée par l'exposition».

Certes, il n'y a, dans ces conditions, rien que de juste. Mais vous prétendez encore, Monsieur, que, pour obtenir ces effets, les deux unités sont nécessaires. «Si maintenant», ajoutez-vous, «de longs intervalles de temps et de lieux séparent vos actes, et quelquefois même vos scènes, les événemens intermédiaires relâcheront tous les ressorts de l'action; plus ces événemens seront nombreux et importans, plus il sera difficile de les rettacher à ce qui précède et à ce qui suit; et les parties du drame, ainsi disloquées, présenteront, au lieu d'un seul fait, les lambeaux de la vie entière du héros.»

Veuillez avant tout observer, Monsieur, que, dans le système qui rejette les deux unités, et que, pour abréger, j'appellerai dorénavant le systéme historique, dans ce système, dis-je, le poëte ne s'impose nullement l'obligation de créer à plaisir de longs intervalle de temps et de lieux: il les prend dans l'action même, tels qu'ils lui sont donnés par la réalité. Que si une action historique est partout si entrecoupée, si morcelée qu'elle n'admette pas l'unité dramatique, que si les faits sont épars à de trop grandes distances, et trop faiblement liés entro eux, le poëte en conclut que cette action n'est pas propre à devenir un sujet de tragédie, et l'abandonne.

Permettez-moi de vous dire ensuite qu'il est bien de l'essence du système historique de supposer entre les actes des intervalles de temps plus ou moins longs, mais non des intervalles remplis d'événemens nombreux et importans relativement à l'action. C'est au contraire la portion de temps et d'espace que l'on peut franchir, éliminer ou réduire, comme indifferente à l'action, et sans blesser la vérité dramatique.

On peut aussi, on doit même assez souvent rejeter dans les entr'actes quelques faits relatifs à l'action, et en donner connaissance au spectateur par les récits des personnages; mais cela n'est nullement particulier au système de tragédie que je nomme historique: c'est une condition générale du poëme dramatique, également adoptée par le système des deux unités. Dans l'un comme dans l'autro, on présente à la -ue un certain nombre d'événemens, on en indique quelques autres, et l'en fait abstraction de tout ce qui, étant étranger à l'action, ne s'y trouve mêlé que par les circonstances fortuites de la contemporanéité. A cet égard, la différance entre les deux systèmes n'est que du plus au moins. Dans celui que je nomme historique, le poëte se fie pleinement à l'aptitude, à la tendance qu'a naturellement notre esprit à rapprocher des faits épars dans l'espace, dès qu'il peut apercevoir entre eux une raison qui les lie, et à traverser rapidement des temps et des lieux en quelque sorte vides pour lui, pour arriver des causes aux effets. Dans le système des deux unités, le poëte demande de même des concessions à l'imagination du spectateur, puisqu'il veut qu'elle donne à trois heures le cours fictif de vingt-quatre. Seulement il suppose qu'elle ne peut se prêter à rien de plus, et que, quelque rapport qu'il y ait entre deux faits, il lui en coûte un effort désagreable et pénible pour les concevoir à la suite l'un de l'autre, s'il y a de l'un à l'autre un intervall, de deux ou trois jours , et de plus d'une centaine de pas.

Cela posé, quel est maintenant celui des deux systèmes qui donne au poëte le plus de facilités pour démêler, dans un sujet dramatique, les élémens de l'action, pour les disposer à la place qui leur appartient, et les développer dans les proportions qui leur conviennent? C'est assurément celui qui, ne l'astreignant à aucune condition arbitraire et prise en dehors de ce sujet même, laisse à son génie le choix raisonné de toutes le données, de tous les moyens qu'il renferme. Que si, malgré ces avantages, le poëte ne sait point discerner les points saillans de son action, ni les mettre en évidence; s'il se borne à indiquer des événemens qui auraient besoin d'être développés; si ces événemens relégués dans les entr'actes, au lieu de former des anneaux qui entrent dans la chaine de l'action, ne tendent, au contraire, qu'à isoler ceux qui sont mis sous les yeux du spectateur, si, par leur importance ou par leur multiplicité, ils n'aboutissent qu'à produire une distraction importune de ce qui se passe sur la scène; si, en un mot, l'action est disloquée, la faute en est toute au poëte. Quelque graves qu'ils soient, de tels inconvéniens ne peuvent donc jamais être une raison d'adopter la règle en discussion, puisque l'en peut éviter ces inconvéniens sans se soumettre à cette règle: car je me borne, pour le moment, à prouver qu'elle est inutile.

Vous avez trouvé, Monsieur, dans la tragédie de Carmagnola la preuve de ces mauvais effets, que vous avez attribués au système qui exclut les deux unités; et je n'en parle ici que pour rendre justice à votre critique, et pour ne pas laisser tomber sur ce pauvre système le fardeau des erreurs personnelles de ses partisans. «On voit», dites-vous, «qu'il existe entre le troisième et le quatrième acte l'intervalle d'une campagne tout entière: comment suivre à de telles distances la marche et les progrès de l'action?» J'accorde volontiers que c'est un véritable defaut; seulement faut-il voir à qui l'on doit l'imputer. C'est un peu au sujet, beaucoup à l'auteur; mais nullement au système.

Je passe à l'examen de la règle sous le rapport de la fixité des caractères, et je continue à citer: «Ajoutez à ces inconvéniens l'apparition et la disparition fréquentes, dans ce système, de personnages avec lesquels le spectateur a à peine le temps de faire connaissance.»

Il est certes, dans tout sujet, un point audelà duquel l'apparition et la disparition des personnages devient trop fréquente, et dès lors vicieuse, en ce qu'elle fatigue l'attention et la transporte brusquement d'un objet à un autre, sans lui donner le temps de se fixer sur aucun. Mais ce point peut-il être déterminé d'avance, et par une formule également applicable à tous les sujets? Existe-t-il une limite précise audelà de laquelle l'inconvénient commence? On peut d'abord affirmer que la règle des deux unité n'est pas cette limite; car il est impossible de prouver que ce n'est que dans une action bornée à un jour et a un petit espace que les personnages peuvent se montrer et se dessiner de manière à être compris par le spectateur et à l'interesser. Où donc chercher cette limite absolue? Il ne faut la chercher nulle part, car elle n'existe pas. C'est une singulière disposition que celle que nous avons à nous forger des règles abstraites applicables à tous les cas, pour nous dispenser de chercher dans chaque cas particulier sa raison propre, sa convenance particulière. Que le poëte choisisse toujours une action dans laquelle il n'y ait qu'un nombre de personnages proportionné à l'attention qu'il est possible de leur donner, que ces personnages restent en présence du spectateur assez long-temps pour lui montrer la part quiils ont à l'action, et ce qu'il y a de dramatique dans leur caractère; voilà, je crois, tout ce qu'on peut lui prescrire sur ce point. Or, quel système, encore une fois, peut mieux se prêter à ce but que le système où l'action elle-même règle tout, où elle prend les personnages quand elle les trouve, pour ainsi dire, sur sa route, et les abandonne au moment où ils n'ont plus avec elle de relation intéressante? Et que l'on n'objecte pas que ce système, en admettant beaucoup d'événemens, exige naturellement l'intervention trop rapide de trop de personnages: on répondrait qu'il n'admet juste que les événemens dans lesquels le caractère des personnages peut se développer d'une manière attachante.

Du reste, j'obsorverai et peut-être conviendrez-vous que l'habitude et l'esprit systématique peuvent facilement faire paraître vicieux ce qui ne l'est pas pour des hommes autrement disposés. Des spectateurs ou des lecteurs instruits, éclairés et se croyant impartiaux, peuvent trouver que les personnages d'une action tragique disparaissent trop vite et reviennent trop souvent, par la seule raison qu'ils sont accoutumés à voir, dans des tragédies qu'ils admirent avec justice, les mêmes personnages occuper la scène jusqu'à la fin. Il regardent ce qui les choque comme un vice réel, comme une opposition aux lois naturelles de leur intelligence; et ce ne sera néanmoins que l'opposition, à un type artificiel de tragédie qu'ils ont admis et auquel ils ramènent toute tragédie possible. Car recevoir l'impression pure et franche des ouvrages de l'art, se prêter a ce qu'ils peuvent offrir de vrai et de beau indépendamment de toute théorie, est un effort difficile et bien rare pour ceux qui en ont une fois adopté une.

Si, accoutumés, comme ils le sont, à trouver dans la tragédie une action qui marche toujours sur les mêmes échasses, qui se replie, pour ainsi dire, à chaque instant, et toujours à peu près de la même manière sur elle-même, ils assistent, par hasard, à une tragédie conçue dans un système tout différent, à une tragédie où l'action se déroulera d'une manière plus conforme à la réalité, il est fort a présumer qu'ils ne seront pas dans la disposition la plus favorable pour l'examiner impartialement, pour y voir ce qui y est et n'y voir que cela. Tout leur examen ne sera qu'une comparaison pénible entre la tragédie d'un nouveau genre qu'ils ont sous les yeux, et l'idée abstraite qu'ils se sont faite de la tragédie. Dites-leur que l'habitude a une grande part à leur jugement, ils se révolteront, parce qu'il savent que l'habitude affaiblit la liberté et que nous sommes portés à nier tout ce qui asservit notre esprit. Ils ne manqueront pas de déclarer que c'est pour obéir aux lois de l'éternelle raison, à l'inspiration de la nature, qu'ils jugent comme ils jugent, qu'ils sentent comme ils sentent. Mais quoi qu'ils disent, il n'en sera pas moins vrai que toute leur critique a été fondée sur un étroit empirisme, qu'elle à été toute déduite de faits spéciaux; et c'est probablement cela même qui la fait paraître à tant d'hommes une connaissance éminemment philosophique.

Mais, pour revenir au point précis de la discussion, si un personnage se montre lorsqu'il est nécessaire; si dans le temps long ou court qu'il passe sur la scène, il dit des choses qui caractérisent une époque, une classe d'hommes, une passion individuelle, et qui les caractérisent dans le rapport qu'elles ont avec l'action principale à laquelle elles se rattachent; si l'on voit comment ces choses influent sur la marche des événemens; si elles entrent, pour leur part, dans l'impression totale de l'ouvrage, ce personnage ne se sera-t-il pas fait assez connaître? Qu'il disparaisse ensuite, quand l'action ne le réclame plus, quel inconvénient y a-t-il?

Mais voici, selon vous, Monsieur, un effet bien plus grave de la transgression de la règle: en outrepassant ses limites, il serait impossible de combiner la vraisemblance et l'intérêt dans le caractère des principaux personnages, avec sa fixité. «Et quant à ceux (des personnages) sur lesquels vous fixez particulièrement l'attention du spectateur, si vous les montrez toujours animés du même dessein, il en résultera langueur, froideur, invraisemblance, souvent même inconvenance choquante. Comment, par exemple, offrir, sans exciter le dègoût, un meurtre prémédité pendant plusieurs années et en plusieurs pays diffèrens? Si au contraire les desseins des personnages varient, l'unité d'action disparait, et l'intérêt s'affoiblit.»

Permettez-moi de remonter à un principe bien commun, mais toujours sûr dans l'application. La vraisemblance et l'intérêt dans les caractères dramatiques, comme dans toutes les parties de la poésie, dérivent de la vérité. Or, cette vérité est justement la base du système historique. Le poëte qui l'a adopté ne crée pas les distances pour le plaisir d'étendre son action; il les prend dans l'histoire même. Pour prouver que la persistance d'un personnage dans un même dessein sort de la vraisemblance lorsqu'elle se prolonge au delà des limites de la règles, il foudrait prouver qu'il n'arrive jamais aux hommes d'aspirer à un but éloigné de plus de vingt-quatre heures, dans le temps, et de plus de quelques centaines de pas, dans l'espace; et, pour avoir le droit de soutenir que le degré de persistance dont il s'agit produit la langueur et la froideur, il faudrait avoir démontré que l'esprit humain est constitué de manière à se dégoûter et à se fatiguer d'être oublié de suivre les desseins d'un homme au delà d'un seul jour et d'un seul lieu. Mais l'expérience atteste suffisamment le contraire: il n'y a pas une histoire, pas un conte peut-être qui n'excède de si étroites limites. Il y a plus; et l'on pourrait affirmer que, plus la volonté de l'homme traverse, si l'on peut le dire, de durée et d'étondue, et plus elle excite en nous de curiosité et d'intérêt; que plus les événemens qui sont le produit de sa force se prolongent et se diversifient, pourvu toutefois qu'ils ne perdent pas l'unité, et qu'ils ne se compliquent pas jusqu'à fatiguer l'attention, et plus ils ont de prise sur l'imagination. Loin de se déplaire à voir beaucoup de résultats naître d'une seule resolution humaine, l'esprit ne trouve, dans cette vue, que de la satisfaction et du charme. La langueur et la froideur ne surviennent que dans le cas où cette résolution est mal motivée, ou n'a pas un objet important; ce qui est tout-à-fait indépendant de la durée de ses suites.

Quant au changement de desseins dans les personnages, je ne vois pas comment son effet serait d'affaiblir l'intérêt. Il fournit au contraire un moyen de l'exciter, en donnant lieu de peindre les modifications de l'âme, et la puissance des choses extérieures sur la volonté. Il favorise le développment des caractères, sans obliger à les dénaturer, parce que les desseins ne sont pas le caractère même, mais plutôt des indices, des conséquences da caractère. Je ne vois pas davantage comment le changement dont il s'agit détruirait l'unité dramatique. Cette unité ne consiste pas dans la fixité des vues et des projets des personnages tragiques; elle est dans les idées du spectateur sur l'esemble de l'action. En voici une preuve de fait, qui me paraît sans réplique: les desseins de personnages importans, souvent principaux, varient dans des tragédies auxquelles assurément vous ne refuserez pas l'unité d'action; et pour n'en chercher d'exemples que dans un seul auteur, Pyrrhus, Néron, Titus, Bajazet, Agamemnon, passent d'une résolution à la résolution opposée. Leur caractère n'en est pas, pour cela, moins constant: il y a plus; ces variations sont nécessaires pour le mettre pleinement à découvert. Celui de Néron, par exemple, se compose d'un certain goût pour la justice et pour la gloire, d'une pudeur qui est le fruit de l'éducation, de l'habitude de céder aux volontés des personnes à qui une haute réputation de vertu, ou une grande force d'âme, les droits de la nature, ou des services signalè ont donné de l'ascendant: avec cela se combinent la haine de toute supériorité, un grande amour de l'indépendance, le goût de la domination, et la vanité même de paraître dominer. Une passion que Néron ne peut satisfaire sans commettre un crime vient mettre en collision ces élémens contraires, ces deux moitiés, pour ainsi dire, de son áme. Les mauvais penchans triomphent, le crime est résolu, il est commandé: l'admirable discours de Burrhus fait varier le projet de Néron; l'indigne Narcisse, précisément parce qu'il connaît le caractère de son maitre, sait trouver, dans ses passions les plus vives et les plus basses, que Burrhus avait en quelque façon étouffées, les motifs d'une nouvelle variation, qui produit le dénoument de l'action. Il en est de même d'Agamemnon; si ces desseins étaient invariablement arrêtés, son caractère ne serait plus ce qu'il est, un mélange d'ambition et de sentimens naturels.

Que la représentation d'un meurtre prémédité pendant plusieurs années, et en plusieurs pays différens, ne soit propre qu'à exciter le degoût, je suis fort disposé à le croire. Mais le dégoût dérive du sujet même, indépendamment du système suivant lequel on pourrait le traiter. Je crois, par exemple, que tout le monde à peu près s'accorde à trover l'Atrée de Crébillon un personnage révoltant, et néanmoins le poëte ne fait pas parcourir à son action le temps réel qui s'est écoulé entre le tort et la vengeance; il ne représente que la dernière journée: mais qu'importe? le temps est énoncé dans la pièce, et il n'en faut pas davantage pour motiver le dégoût de l'auditoire. L'idée de tant d'années qui n'ont pas calmé la haine, qui n'ont pas affaibli le souvenir de l'injure, qui n'ont rien changé à des projets d'une atrocité ingénieuse et romanesque, n'en est pas moins présenté à la pensée du spectateur, malgré l'abstraction que fait le poëte du temps écoulé; la préméditation du crime n'en est pas moins sentie.

La determination arrêtée et constante de tuer son semblable suppose nécessairement l'état de l'âme le plus dépravé, j'ajouterais, et le plus dégradé, le moins poétique. Si une telle détermination est en harmonie avec le caractère du personnage; si c'est un intérêt privé, un passion égoïste qui la lui ont inspirée; s'il n'a pas eu de grandes répugnances à vaincre pour se résoudre à l'assassinat, c'est le caractère même qui est misérable, dégoûtant et peut-être incapable de devenir un sujet d'imitation poétique. Si, au contraire, ce n'est pas seulement avec de profondes souffrances, mais par la séduction d'une grande pensée, d'un dessein extraordinaire, d'une illusion puissante, qu'un homme a pris cette horrible résolution; si le sentiment du devoir et la voix de l'innocence qui cherche à triompher y ont opposé des obstacles; si cet homme a combattu, pour ainsi dire, sur tous le degrés de l'abime, c'étaient alors ces pensées, ces illusions, ces combats et la chute par laquelle ils ont fini, qu'il fallait représenter. C'est cela qui était profond, instructif et dramatique. Mais lorsque la lutte morale est terminée, lorsque la conscience est vaincue, et que l'homme n'a plus à surmonter que des résistances hors de lui, il est peut-être impossible d'en faire un spectacle intéressant; et peut-être le meurtre prémédité est-il un de ces sujets que le poëte tragique doit s'interdire.

Je dis peut-être, parce que toutes ces règles exclusives et absolues sont trop sujettes à être démenties par des expériences contraires et que l'on n'avait pu prévoir: on peut bien, sans péril, condamner a priori tout sujet qui n'aurait pas la vérité pour base: mais il me semble trop hardi de décider, pour tous les cas possibles, que tel ou tel genre de vérité est à jamais interdit à l'imitation poétique; car il y a dans la vérité un intérêt si puissant, qu'il peut nous attacher à la considérer malgré une douleur véritable, malgré une cortaine horreur voisine du dégoût. Si donc le poëte réussit, à force d'intérêt, à faire supporter au spectateur ces sentimens pénibles, il faudra bien reconnaître qu'il a su mettre en œuvre les moyens de l'art les plus forts et les plus sûrs. Il ne restera plus qu'à juger les effets de cette puissance qu'il aura exercée sur les âmes. Or, si l'impression qu'il a produite est éminemment morale, si le dégoût qu'il a excité est le dégoût du mal; si, en associant au crime des idées révoltantes, il l'a rendu plus odieux; s'il a réveillé dans les cœurs une aversion salutaire pour les passions qui entrainent à le commettre, pourra-t-on raisonnablement lui reprocher de n'avoir pas assez ménagé la délicatesse du spectateur? Je crois qu'on a imposé trop d'égards au poëtes pour cette susceptibilité du public; qu'on leur a trop fait un devoir d'éviter tout ce qui pouvait déplaire: il y a des douleurs qui perfectionnent l'âme; et c'est une des plus belles facultés de la poèsie que celle d'arrêter, a l'aide d'un grand intérêt, l'attention sur des phénomènes moraux que l'on ne peut observer sans répugnance.

Au reste, cela est indifférent à la question des deux unités; car le système historique, se prètant admirablement à la peinture graduée des évenemens et des passions qui peuvent porter au meurtre, donne les moyens d'écarter, dans tous les sujets où le meurtre est représenté, cette longue et dégoûtante préméditation. Je ne sais si le système des deux unités présente à cet égard les mêmes facilitès, et s'il ne met pas le poëte dans l'alternative de supposer le meurtre prémédité, ou de ramener d'une manière invraisemblable et forcée. On pourrait peut-être, pour la solution de ce doute, tirer quelque lumière de l'examen comparatif de deux tragédies traitées dans deux systèmes différens, et dont le sujet est foncièrement à peu près le même: ce sont l'Othello de Shakespeare et la Zaïre de Voltaire. Dans l'une et dans l'autre pièce, c'est un homme qui tue la femme qu'il aime, la croyant infidèle. Shakespeare a pris tout le temp dont il avait bésoin; il l'a pris de l'histoire même qui lui a furni son sujet. On voit, dans Othello, le soupçon conçu, combattu, chassé, revenant sur de nouveaux indices, excité et dirigé, chaque fois qu'il se manifeste, par l'art abominable d'un ami perfide; en voit ce soupçon arriver jusqu'à la certitude par des degrés aussi vraisemblable que terribles. La tâche de Voltaire était bien plus difficile. Il fallait qu'Orosmane, généreux et humain, fût assez difficile sur les preuves de son malheur pour n'être pas d'une crédulité presque comique; que, plein, le matin, de confiance et d'estime pour Zaïre, il fût poussé, le soir du même jour, à la poignarder, avec la conviction d'en être trahi. Il fallait des preuves assez fortes pour produire une telle conviction, pour changer l'amour en fureur, et porter la colère jusqu'au délire. Le poëte ne pouvant, dans un si court intervalle, rassembler les faux indices qui nourrissent lentement les soupçons de la jalousie, ne pouvant conduire par degrés l'âme d'Orosmane à ce point de passion où tout peut tenir lieu de preuve, a été obligé de faire naître l'erreur de son héros d'un fait dont l'interprétation fût suffisante pour produire la certitude de la trahison. Il a fallu, pour cela, régler la marche fortuite des événemens de manière que tout concourût à consommer l'illusion d'Orosmane, et mettre à l'écart tout ce qui aurait pu lui révéler la vérité. Il a fallu qu'on écrivit a Zaïre une lettre équivoque, que cette lettre tombât dans les mains d'Orosmane, et qu'il pût y voir que Zaïre lui préférait un autre amant. Ce moyen, qui n'est ni naturel, ni instructif, ni touchant, ni même sérieux, est cependant une invention très ingénieuse, le système donné, parce qu'il est peut-être le seul qui pût motiver, dans Orosmane, l'horrible résolution dont le poëte avait besoin.

La force croissante d'une passion jálouse dans un caractère violent, l'adresse malheureuse de cette passion à interpréter en sa faveur, si on peut le dire, les incidens les plus naturels, les actions les plus simples, les paroles les plus innocentes, l'habileté épouvantable d'un traitre à faire naître et à nourrir le soupçon dans un àme offensée, la puissance infernale qu'un scélérat de sang-froid exerce ainsi sur un naturel ardent et généreux; voilà quelques-unes des terribles leçons qui naissent de la tragédie d'Othello: mais que nous apprend l'action de Zaïre? que les incidens de la vie peuvent se combiner parfois d'une manière si étrange, qu'une expression équivoque, insérée par hasard dans une lettre qui a manqué son adresse, vienne à occasioner les plus grands crimes et les derniers malheurs? A la bonne heure: ce sera là une leçon, si l'on veut; mais une leçon qui n'aura rien de bien impérieux, rien de bien grave. La prévoyance et la morale humaines ont trop à faire aux choses habituelles et réelles pour se mettre en grand souci d'accidens si fortuits, et, pour ainsi dire, si merveilleux. Ce qu'il y a, dans Zaïre, de vrai, de touchant, de poétique, est dû au beau talent de Voltaire; ce qu'il y a dans son plan de forcé et de factice me semble devoir être attribué, en grande partie, à la contrainte d'e la règle des deux unitès.

L'intervention de Jago, que j'ai indiquée - rapidement tout à l'heure mérite une attention plus expresse: elle est en effet, dans la tragédie d'Othello, un grand moyen et peut-être un moyen indispensable pour produire la vraisemblance. Jago est le mauvais génie de la pièce; il arrange une partie des événemens, et les empoisonne tous; il écarte ou dénature toutes les réflexions qui pouvaient amener Othello à reconnaître l'innocence de Desdemona. Voltaire à été obligé de faire naître des accidens pour confirmer les soupçons auxquels tient la catastrophe de sa pièce: il fallait bien qu'Orosmane eût aussi un mauvais conseiller pour l'égarer; et ce mauvais conseiller, c'est le hasard: car, si l'on recherche la cause du meurtre auquel il se laisse emporter, elle est tout entière dans un jeu bizarre de circonstances que l'auteur n'a pas même eu la pensée de rattacher à l'idée de la fatalité, et qui n'ont point en effet le caractère au moyen duquel elles auraient été susceptibles d'y être ramenées. Dans Othello, le crime découle naturellement, et comme j'ai son propre poids, de la source impure d'une volonté perverse; ce qui me paaraît aussi poétique que moral. On voudrait exclure de la scène les scélérats subalternes, parce qu'on trouve que la bassesse dans le crime est dégoûtante: soit; mais, ne faudrait-il pas en exclure aussi le crime même? Cependant, puisque le crime a une si grande part dans la tragédie, je ne vois pas quel mal il y a à le représenter accompagné toujours de quelque chose de bas. Il n'arrive guère, heureusement, que les affaires où ne prennent part que de belles âme se terminent par un meurtre; et je crois que cette indication de l'expérience est bonne à consacrer dans les compositions poétiques.

Voilà, Monsieur, les observations que j'avais à vous soumettre sur les nouveaux fondemens que vous voudriez donner à la règle des deux unités. Je n'examinerai point ici les autres objections que l'on fait au système historique: il ne serait pas juste de vous ennuyer par la discussion formelle d'opinions qui ne sont peut-être pas les vôtres. Mais, puisque j'ai déjà perdu l'espoir de faire cette lettre courte, permettez-moi d'y joindre encore quelques réflexions sur la manière dont on pose et dont on traite généralement la question des unités dans le drame. Si ces réflexions étaient fondées, elles pourraient faciliter la solution de la question elle-même.

Plusieurs d'entre ceux qui soutiennent la nécessité de la règle emploient souvent, pour qualifier les deux opinions contraires, des mots qui expriment des idées on ne peut plus graves, mais qui, au fond, n'ajoutent rien à la force de leurs argumens. Ce sont, pour eux, d'un côté, la nature, la belle nature, le goût, le bon sens, la raison, la sagesse, et, peu s'en faut, la probité; de l'autre côté, ce sont l'extravagance, la barbarie, la monstruosité, la licence, et que sais-je encore? Certes, si, de tous ces grands mots, les premiers peuvent s'appliquer au système des deux unités, et les autres au système contraire, le procès est jugé. Il est hors de doute que la sagesse vaut mieux que l'extravagance, et même que celle-ci ne vaut rien du tout; et quand Horace ne l'aurait pas formellement prescrit, tout le monde conviendrait de bonne gràce qu'il ne faut pasloger les dauphins dans les bois. Mais lorsque les adversaires de la règle soutiennent que la tragédie, telle qu'ils l'a conçoivent, n'est pas un bois, et qu'ils n'y transportent pas des dauphins; lorsqu'ils prétendent que c'est pour ne pas blesser la nature et la raison qu'ils récusent la règle, lorsqu'ils veulent prouver que c'est celle-ci qui est bizarre parce-qu'elle est arbitraire; c'est là-dessus qu'il faut les attaquer, et les réfuter, si l'on peut: Au reste, on doit le savoir et en prendre son parti, ceux qui défendent des opinions établies ont l'avantage de parler au nom da grand nombre; ils peuvent, sans témérité, employer le langage le plus affirmatif, le plus- sentencieux, et c'est un avantage auquel il est rare que l'on veuille renoncer. Jugez, d'après cela, Monsieur, si je me félicite d'ávoir trouvé l'occasion de justifier une opinion nouvelle devant un critique qui, au lieu de se prévaloir de la force que le consentement de la majorité et une espèce de prescription peuvent donner à la sienne, ne cherche, au contraire, qu'à l'appuyer sur le raisonnement!

Une autre méthode, à peu près aussi expèditive, aussi usitée et aussi concluante que la précédente, de prouver la nécessité de l'unité de temps et de lieu dans la tragédie, c'est de montrer que, sur certains théâtres où la règle n'est pas admise, on a donné souvent à l'action une étendue excessive; c'est de citer avec un mépris triomphant ces tragédies dans lesquelles un personnage,

«Enfant au premier acte, est barbon au dernier».

Cela est absurde, sans doute: et ceux qui ne veulant pas de la règle font mieux qua de reconnaître simplement cela pour absurde; ils en prouvent l'absurdité par des raisons tirées de leur système. Ce qu'ils contestent, c'est la règle:

Qu'en un lieu, qu'en un jour, etc.

On peut très aisément éviter l'excès signalé dans les vers de Boileau, sans adopter la limite posée par lui. Se fonder sur cet excès pour établir cette limite, c'est faire comme celui qui, après avoir sans peine démontré que l'anarchie est une fort manvaise chose, voudrait en conclure qu'il n'y a rien de mieux, en fait de gouvernement, que le gouvernement de Constantinople.

Enfin, après avoir désapprouvé, à raison ou à tort, tel ou tel exemple donné par quelque poëte qui s'est affranchi de la règle, on s'en prend au système historique, sans examiner si ce qu'un poëte a fait, dans un cas donné, est ou n'est pas une conséquence de son système. Ainsi, par exemple, Shakespeare à souvent mêlé le comique aux événemens le plus sérieux. Un critique moderne, à qui l'on ne pourrait refaser sans injustice beaucoup de sagacité et de profondeur, a prétendu justifier cette pratique de Shakespeare, et en donner de bonnes raisons. Quoique puisées dans une philosophie plus élevée que ne l'est en général celle que l'on a appliquée j'usqu'ici à l'art dramatique, ces raisons ne m'ont jamais persuadé; et je pense, comme un bon et loyal partisan du classique, que le mélange de deux affets contraires détruit l'unité d'impression nécessaire pour produire l'émotion et la sympathie; ou, pour parler plus raisonnablement, il me semble qua ce mélange, tel qu'il a été employé par Shakespeare, a tout-à-fait cet inconvénient. Car, qu'il soit réellement et à jamais impossible de produire une impression harmonique,et agréable par le rapprochement de ces deux moyens, c'est ce que je n'ai ni le courage d'affirmer, ni la docilité de répéter. Il n'y a qu'un genre dans lequel on puisse refaser d'avance tout espoir de succès durable, même au génie, et ce genre c'est le faux: mais interdire au génie d'employer des matériaux qui sont dans la nature, par la raison qu'il ne pourra pas en tirer un bon parti, c'est évidemment pousser la critique au delà de son emploi et de ses forces. Que sait-on? Ne relit-on pas tous les jours des ouvrages dans le genre narratif, il est vrai, mais des ouvrages où ce mélange se retrouve bien souvent , et sans qu'il ait été besoin de le justifier, parce qu'il est tellement fondu dans la vérité entrainante de l'ensemble, que personne ne l'a remarqué pour en faire un sujet de censure? Et le genre dramatique lui-même n'a-t-il pas produit un ouvrage étonnant, dans lequel on trouve des impressions bien autrement diverses et nombrouses, des rapprochemens bien autrement imprévus que ceux qui tiennent à la simple combinaison du tragique et du plaisant? et cet ouvrage, n'a-t-on pas consenti à l'admirer, à la seule condition qu'on ne lui donnerait pas, le nom de tragédie? condition du reste assez douce de la part des critiques, puisqu'elle n'exige que les sacrifice d'un mot, et accorde, sans s'en apercevoir, que l'auteur, en produisant un chef-d'euvre, a de plus inventé un genre. Mais, pour rester plus strictement dans la question, le mélange du plaisant et du serieux pourra-t-il être transporté heureusement dans le genre dramatique d'une manière stable, et dans des ouvrages qui ne soient pas une exception? C'est, encore une fois, ce que je n'ose pas savoir. Quoi qu'il en soit, c'est un point particulier à discuter, si l'on croit avoir assez des données pour le faire; mais bien certainement un point dont il n'y a pas de conséquences à tirer contre le système historique que Shakespeare a suivi: car ce n'est pas la violation de la règle qui l'a entrainé à ce mélange du grave et du burlesque, du touchant et du bas; c'est qu'il avait observé ce mélange dans la réalité, et qu'il voulait rendre la forte impression qu'il en avait reçue.

Jusqu'ici je me suis efforcé de prouver que le système historique non seulement n'est pas sujet aux inconvéniens que vous lui attribuez, en ce qui concerne l'unité d'action et la fixité des caractères; mais qu'il offre, sous ces rapports, les moyens les plus aisés et les plus sûrs d'approcher de la perfection de l'art. Du reste, quand je n'aurais pas réussi, quand il serait bien démontré que ces inconvéniens sont réels, la condamnation du système ne s'ensuivrait pas encore. Il faudrait auparavant les comparer, à ceux qui naissent de l'observance de la règle, et choisir le système qui en offre le moins; car on ne saurait, penser que le système des deux unités soit sans inconvéniens, et qu'une règle, qui impose à l'art qui imite des conditions qui ne sont pas dans la nature que l'on veut imiter, aplanisso d'elle-même toutes les difficultés de l'imitation.

Sans prétendre examiner à fond l'influence que les deux unités ont exercé sur la poésie dramatique, qu'il me soit permis d'examiner quelques-uns de leurs effets qui me semblent défavorables; et, pour m'éloigner le moins possible du point de vue que vous avez choisi, je noterai de préférence ceux qui me paraissent résulter du plan que vous avez proposé pour le sujet de Carmagnola. Vous ne verrez, je l'espère , dans le choix de ce texte, ni une intention hostile, ni une misérable représaille. Je voudrais être aussi sûr que cette lettre ne sera pas ennuyeuse, que je le suis d'avoir été déterminé à l'écrire par un sentiment d'estime pour vous, et de respect pour ce qui me parait la vérité. Si les règles factices n'induisaient en erreur que des esprits faux et dépourvus du sens du beau, on pourrait les laisser faire et s'épargner la peine de les combattre: ce sont les mauvais effets de leur tyrannie sur les grands poëtes et sur les critiques judicieux qu'il importerait de constater, pour les prévenir; je transcris donc la partie de votre article que j'ai ici en vue:

«Supposons, maintenant, qu'un auteur asservi aux règles eût eu ce sujet à traiter. Il eût d'abord rejeté dans l'avant-scène, et l'élection de Carmagnola au généralat vénitien, et la bataille de Maclodio, et la déroute de la flotte, et l'affaire de Crémone. Tout cela est antérieur à l'action proprement dite, et un récit pouvait l'exposer parfaitement. La pièce eût commencé au moment où le comte, rappelé par le sénat, est attendu à Venise. Le premier acte eût peint les alarmes de sa famille, excitées par les bruits qui circulent sur les intentions perfides du sénat. Mais bientôt l'arrivée du comte, et sa réception triomphale changent les craintes en joie, et l'acte finit au moment où il se rend au conseil pour délibérer sur la paix. Ainsi la pièce était aussi avancée à la fin du premier acte qu'elle l'est chez M. Manzoni à la fin du quatrième; et l'auteur, pour fornir sa carrière, se trouvait comme forcé de créer une action, un nœud, des péripéties, de mettre en jeu les passions, d'exciter la terreur et la pitié. Mais quelles ressources n'avait-il pas pour cela? Et les révélations de Marco, et les intrigues du duc de Milan, et les divisions dans le sénat, et les mécontentemens populaires, et le pouvoir du comte sur l'armée, et enfin tout le trouble et tous les dangers d'une république qui a conflé sa défense à des troupes mercenaires. Ce grand tableau est à peine ébauché dans la pièce de M. Manzoni. Ne pouvait-on pas d'ailleurs faire en sorte que Carmagnola, sollicité par le duc de Milan, se trouvât un moment maitre du sort de la république? La parenté de sa femme avec le duc, son empire sur les autres condottieri, et l'assistance du peuple, pouvaient amener naturellement cette situation. Le poëte eût ainsi mis en présence dans l'âme du héros les sentimens de l'homme d'honneur avec l'imagination turbulente du chef d'aventuriers, et Carmagnola, abandonnant par vertu le projet de livrer Venise qui veut le perdre, n'en eût été que plus intéressant lorsqu'il succombe; tandis que ce même projet eút servi à motiver et à peindre la timide eternelle politique du sénat. C'est ainsi que les limites de l'art donnent l'essor à l'imagination de l'artiste, et le forcent à devenir créateur. Que M. Manzoni se le persuade bien; franchir ces limites, ce n'est point agrandir l'art, c'est le ramener à son enfance.»

Voici, Monsieur, les principaux inconvéniens qui me semblent résulter de cette manière de traiter dramatiquement les sujets historiques:

1°. On se règle, dans le choix à faire entre les événemens que l'on représente devant le spectateur, et ceux que l'on se borne à lui faire connaître par des récits, sur une mesure arbitraire, et non sur la nature des événemens mêmes et sur leurs rapports avec l'action.

2°. On resserre, dans l'espace fixé par la règle, un plus grand nombre de faits que la vraisemblance ne le permet.

3°. On n'en omet pas moins, malgré cela, beaucoup de matériaux très poétiques, fournis par l'histoire.

4°. Et c'est là le plus grave, on substitue des causes de pure invention aux causes qui ont réellement déterminé l'action représentée.

Et d'abord, pour ce qui regarde le premier inconvénient, il est sûr que, dans chaque partie de l'action, le poëte peut découvrir le caractère et les raisons qui la rendent propre à être mise en scène, ou qui exigent qu'elle ne soit donnée qu'en narration. Or, ces raisons tirées de la nature des événemens, et de leur rapport avec l'ensemble de l'action et avec le but de l'art dramatique, le poëte se trouve obligé de les négliger dans une partie souvent très importante de l'action, je veux dire en ce qui concerne les faits qui ont précédé le jour de la catastrophe, et n'ont pu se passer dans le lieu choisi pour la scène. Indépendamment de toute considération sur leur importance et sur leur intérêt poétique, ces faits doivent être relégués dans l'avant-scène, et supposés avoir eu lieu loin du spectateur. Je conçois fort bien que, lorsqu'on a adopté les deux unités, en soit disposé à regarder ces sortes de faits, dans tout sujet dramatique, comme antérieurs à l'action proprement dite; mais, Monsieur, sans incidenter sur votre opinion dans l'exemple particulier que vous citez, je me permets de vous faire observer qu'il est en général fort difficile de déterminer le point où commence une action théâtrale, et qu'il serait contraire à toute raison et à toute expérience d'affirmer que toutes les actions historiques qui peuvent être, sous les autres rapports, de bons sujet de tragédie, ont eu leur véritable commencement dans les vingt-quatre heures qui ont précédé leur accomplissement. Je crois même que ce cas est très rare, et voilà pourquoi le poëte asservi aux règles, obligé, d'un côté, de reconnaître que plusieurs de ces faits, antérieurs au jour qu'il a choisi ne le sont cependant pas à l'action, mais en font partie, se trouve réduit à la gène des expositions, de ces expositions si souvent froides, inertes, compliquées, à l'ennui des quelles en se résigne, avec justice, comme à une condition rigoureuse du système accredité. On est si bien convenu de la difficulté des expositions tragiques, que l'on sait gré, même aux poëtes da premier ordre, de réussir quelquefois à en faire d'intéressantes et de dramatiques. Celle de Bajazet, par exemple, passe pour un chef-d'œuvre de difficulté vaincue. Elle est fort belle, en effet; mais qu'est-ce qu'un système qui oblige d'admirer, dans un poëte tel que Racine, une exposition en action? Qu'est-ce qu'un système dans lequel il a fallu en venir a accorder au poëte tout le premier acte, pour préparer l'effet des quatre suivans, et dans lequel le spectateur n'a pas lieu de se plaindre si la partie dramatique du drame commence au second, quelquefois même au troisième acte?

Maintenant veut-on se faire une idée de tout ce qu'une telle méthode a de désavantageux pour l'art en général? Rien n'est plus facile: il n'y a, pour cela, qu'à considérer quelles beautés perdraient à être assujetties à cette règle des unités, des sujets largement et simplement conçus d'après le système contraire. Que l'on prenne les pièces historiques de Shakespeare, et de Goethe; que l'on voie ce qu'il en faudrait ôter à la représentation, ou remplacer par des récits, et que l'on décide si l'on ga-nerait au change! Mais, pour appliquer ici ces réflexions à un exemple particulier, je ne saurais mieux faire que de traduire un passage d'un écrit où cette application est on ne peut plus heureusement faite. Il s'agit d'un dialogue italien sur les deux unités, par mon ami. M. Hermès Visconti, qui, dans quelques essais de critique littéraire, a déjà donné au public la preuve d'une haute capacité, et qui promet d'illustrer l'Italie par les travaux philosophiques auxquels il s'est particulièrement voué. Il suppose, dans ce dialogue, qu'un partisan des règles, qui n'a pas cependant le courage de contester au sujet de Macbeth le mérite d'être admirablement tragique, propose les moyens de l'assujettir aux deux unités.

«Il fallait», fait-il dire à cet interlocuteur, «choisir le moment le plus important et supposer le reste comme déjà avenu.» Voici sa réponse. «Vous choisirez la catastrophe, vous représenterez Macbeth tourmenté par les remords du passé, et par la crainte de l'avenir; vous exciterez le zèle des défenseurs de la cause juste; vous mettrez en récit les crimes antécédens; vous peindrez lady Macbeth, simulant l'assurance et le calme, et dévoilant dans ses rêves le secret de sa conscience. Mais, de cette manière, aurez-vous tracé l'histoire de la passion de Macbeth et de sa femme? aurez-vous fait voir comment un homme se résout à commettre un grand crime? aurez-vous dépeint la férocité triste encore, bien que satisfaite, de l'ambition qui a surmonté le sentiment de la justice? Vous aurez, à la verité, choisi le plus beau moment, c'est-à-dire le dernier période des rémords; mais une grande partie des beautés du sujet aura disparu, parce que la beauté poétique de ce dernier période dépend beaucoup de ce qu'il arrive après les autres; elle dépend de la loi de continuité dans les sentimens de l'âme. Et, pour donner la connaissances de ce qui a précédé, ne serez-vous pas forcé de recourir aux expédiens des récits, des monologues destinés à informer le spectateur, qui comprend toujours, et fort bien, qu'ils ne sont destinés à autre chose qu'à l'informer? Au lieu de cela, dans la tragédie de Shakespeare, tout est en action, et tout de la manière la plus naturelle.»

Je passe au second inconvénient, de la règle, celui de forcer le poëte à entasser trop d'événemens dans l'espace, qu'elle lui accorde, et de blesser par là la vraisemblance. On ne manque pas, je le sais, lorsque cela arrive, de dire que la faute en est au poëte, qui n'a pas su vaincre les difficultés de son sujet et de son art. C'était à lui, prétend-on, à disposer avec habileté les événemens dont se composait son action, dans les limites préscrites.

À merveille! cependant combien de bonnes raisons ces pauvres auteurs de tragédies n'auraient-ils pas à donner à ces capricieux faiseurs de règles! Eh quoi! pourraient-ils leur dire, vous prétendez, vous souffrez du moins que nous imitions la nature; et vous nous interdisez les moyens dont elle fait usage! La nature, pour agir, prend toujours du temps à son aise, tantôt plus, tantôt moins, suivant le besoin qu'elle en a; et vous, vous nous mesurez les heures avec presque autant d'économie et de rigueur que si vous les preniez sur la durée de vos plaisirs. La nature ne s'est pas astreinte à produire une action intéresante dans un espace que les yeux d'un témoin puissent embrasser commodément; et vous, vous exigez que le champ d'une action théâtrale ne dépasse pas la portée des regards d'un spectateur immobile. Encore si vous borniez pour nous l'idée et le choix des sujets tragiques à ceux où se rencontre réellement l'unité de temps et de lieu, ce serait certes une législation étrange et bien rigoureuse; elle serait du moins conséquente. Mais non: vous reconnaissez pour intéressans des sujets où cette unité est impossible; et nous voilà dès lors dans un singulier embarras. On permettez-nous de ne pas appliquer à ces derniers sujets les deux règles prescrites; ou proclamez que ce n'est pas une invraisemblance, une témérité gratuite de l'art, de forcer la succession réelle et graduée des événemens; de mutiler, pour les accommoder à la capacité d'un théâtre et à la durée d'un jour, des faits que la nature n'a pu produire que lentement et qu'en plusieurs lieux.

Et ces plaintes contre les difficultés imposées à l'art par les règles cette déclaration formelle de l'impuissance de les appliquer à beaucoup de sujets d'ailleurs très beaux, ce ne sont pas des poëtes vulgaires qui les ont faites; ce ne sont pas de ces hommes pour lesquels tout est obstacle, parce qu'ils ne savent point se créer de ressources: c'est à Corneille, au grand Corneille lui même, qu'elles échappent. Écutons comment il s'exprime là-dessus, après cinquante ans d'expérience du théâtre: «Il est si malaisé», dit-il, «qu'il se rencontre dans l'histoire, ni dans l'imagination des hommes, quantité de ces événemens illustres et dignes de la tragédie, dont les délibérations et leurs effets puissent arriver en un même lieu et en un même jour, sans faire un peu de violence à l'ordre commun des choses...»

Qui ne s'attendrait ici que Corneille va donner pour conséquence du fait reconnu par lui, qui ne faut pas qu'un poëte tragique s'àstreigne a la règle d'un lieu et d'un jour, puisque cette règle met en opposition le but et les moyens de la tragédie? Mais l'on poursuit, et l'on voit jusqu'où va la tyrannie des opinions arbitraires sur les esprits les plus élevés: «Je ne puis croire», ajoute Corneille, «cette sorte de violence tout-à-fait condamnàble, pourvu qu'elle n'aille pas jusqu'à l'impossible: il est de beaux sujets où on ne la peut éviter; et un auteur scrupuleux se priverait d'une belle occasion de gloire, et le publie de beaucoup de satisfaction, s'il n'osait s'enhardir à les mettre sur le théâtre, de peur de se voir forcé à les faire aller plus vite que la vraisemblance ne le permet.»

Ainsi c'est la vraisemblance qu'il s'agit de sacrifier à des règles que l'on prétend n'être faites que pour la vraisemblance!

Cette conséquence est si contraire au génie, au grand sens de Corneille, et aux idées que tant de méditations et une si longue pratique lui avaient données sur ce qu'il y a de fondamental dans l'art dramatique, que l'on ne pout guère expliquer ce passage, à moins de se retracer les circonstances où ce grand homme se trouvait en l'écrivant. Gourmandé, régente longtemps par des critiques qui avaient apparemment ce qu'il fallait pour être les maitres de Pierre Corneille, il voulait apaiser ces critiques, leur faire voir qu'il entrait dans leurs idées, qu'il comprenait et pouvait suivre leurs théories. Ici, il croyait se trouver entre deux écueils, entro l'invraisemblance et la violation des règles. Les critiques n'étaient pas bien rigoureux sur l'article de la vraisemblance; ils ne l'avaient pas inventée: mais les règles! oh les règles! c'était leur bien, et l'unique bien de plusieurs d'entre eux; ils les avaient importées fraichement je ne sais d'où, et venaient de les imposer au théâtre français. Le pauvre Corneille aurait-il pu mourir en paix s'il n'en eût reconnu l'autorité?

Le talent n'est jamais complétement sûr de lui même; il désire toujours un témoignage extérieur qui lui confirme ce qu'il soupçonne de ses forces. Et comment, en effet, pourrait-il s'en rapporter à sa propre décision, quand il s'agit de savoir s'il est pur et vrai, ou s'il n'est qu'apparent et affecté? Le dédain le trouble donc toujours; et en le méconnaissant, on est presque sûr de le réduire à douter de luì-même. Il ne demande qu'à être compris, qu'à être jugé; toutefois il voudrait l'être non seulement par la bonne foi, mais par des lumières certaines. Il se laisse presque toujours entrainer au désir de la gloire; toutefois il n'en veut qu'à condition de voir ceux qui la disponsent bien convaincus qu'il la mérite. Il accepte toujours les censures, mais il exige qu'elles lui apprennent quelque chose; et de plus il a besoin d'être persuadé qu'elles ne sont pas le fruit de la passion.

Maintenant, pour revenir à Corneille, ce grand poëte avait dû trop voir que ce qui s'opposait le plus au calme et à l'impartialité, nécessaires pour le juger, c'étaient ces critiques qui le jugeaient toujours. Il y avait un moyen de les adoucir un peu; mais il n'y en avait qu'un; c'était de céder sur les points auxquels ils tenaient le plus, en transigeant sur le reste; et ce fut précisément ce qu'il fit. A moins de cela, les critiques auraient crié bien plus fort, auraient brouillé bien davantage les idée du public sur les admirables production du génie de Corneille; car rien n'était si facile. Si le public s'en laissait charmer, il n'y avait qu'à lui dire plus durement encore que de coutume qu'il n'y entendait rien; il n'y avait qu'à y découvrir encore plus de défauts; et pour cela, il suffisait d'inventer un principe, deux principes, vingt principes, et de prouver ensuite qu'ils étaient violés dans les tragédies de Corneille. Qu'en avait-il coûté à Scudéri pour démontrer que la Cid était une fort mauvaise pièce? Rien, c'est-à-dire rien de plus que de faire, en grands termes, l'énumération de beaucoup de choses qui, selon lui, étaient indispensables dans une tragédie pour qu'elle fût bonne, et de constater que ces choses-là n'étaient pas dans le Cid. La grande science de Scudéri consistait à ne pas comprendre Corneille; et son grand travail, à empècher qu'il ne fùt compris des autres. Corneille aima donc mieux renoncer à quelques conséquences qui découlaient naturellement des principes établis, que de donner à ceux qui s'étaient faits ses juges plus de moyens de le chicaner, en réduisant toute la discussion sur ses ouvrages à l'examen de la forme, pour distraire l'attention du public de ce qu'ils avaient au fond d'original et de sublime.

Mais pour saisir encore mieux les véritables idées de Corneille sur la règle des deux unités, il n'y a qu'à lire la suite du passage dont j'ai transcrit le commencement. Ici, Corneille annulle tout-à-fait cette règle à laquelle il a rendu plus haut un hommage forcé. «Je donnerais», poursuit-il, «en ce cas (au poëte), un conseil que peut-être il trauverait salutaire; c'est de ne marquer aucun temps préfix, dans son poëme, ni aucun lieu particulier où il pose les acteurs. L'imagination de l'auditeur aurait plus de liberté de se laisser allor au courant de l'action, si elle n'était point fixée par ces marques; et il pourrait ne s'apercevoir pas de cette précipitation, si elles ne l'en faisaient souvenir et n'y appliquaient son esprit malgré lui. Je me suis toujours repenti d'avoir fait dire au roi, dans le Cid, qu'il voulait que Rodrigue se délassât une heure ou deux après la défaite des Maures, avant que de combattre Don Sanche: je l'avais fait pour montrer que la pièce était dans les vingt-quatre heures , et cela n'a servi qu'à avertir les spectateurs de la contrainte avec laquelle je l'y avais réduite. Si j'avais fait résoudre ce combat sans en désigner l'heure, peut-être n'y aurait-on pas pris garde.»

Ainsi, Corneille demande que le temps et le lieu ne soient point marqués, pour que l'auditeur ne s'aperçoive pas que l'action dépasse les vingt-quatre heures, et qu'elle change de place. Au fait, c'est demander l'abolition de la règle, parce qu'elle consiste essentiellement a restreindre l'action dans ses limites d'une manière qui soit sensible pour le spectateur. Et la règle, en effet, au lieu de lui faciliter la marche de l'action dans le Cid, n'avait servi qu'à faire ressortir ce qu'il y avait de forcé. «Si j'avais fait résoudre ce combat», dit-il, «sans en désigner l'heure, peut-être n'y aurait-on pas pris garde.» Qui n'y aurait pas pris garde? le public? Non certes. Mais les critiques? Oh! ceux-là ne seraient pas restés en défaut: ils auraient infailliblement découvert l'equivoque, et fait inexorablement leur devoir, qui était d'en avertir le public. A quoi pensait donc le bon Corneille? croyait-il, les sentinelles du bon goût capables de s'endormir? Chimère! Lorsqu'e le public, entrainé par des beautés- grandes et neuves, par le charme combiné de l'idéal et du vrai, se laisse aller aux impressions qu'un grand poëte sait produire, les critiques sont toujours là pour rempècher de s'égarer avec lui, pour gourmander son illusion, et ramener son attention un moment surprise et absorbée par les choses mêmes, à ce qui doit passer avant tout, à l'autorité des formes et des règles.

Y aurait-il de la témérité à plaindre Corneille d'avoir vu la vérité et de n'avoir pas osé s'y tenir? Ce n'était pas un génie de la justesse et de la force du sien qui pouvait méconnaître que le public, abandonné à lui-même, ne voit jamais, dans une action dramatique, que l'action elle-même; que l'imagination du spectateur non prévenu se prêt sans effort au temps fictif que le poëte a besoin de supposer dans sa pièce, ou que, pour mieux dire, il n'y pense pas. Mais le grand Corneille n'a pas eu le courage de dire que, puisque telle est la disposition naturelle du spectateur, telle l'art doit la prendre, sans chercher ailleurs que dans l'essence et l'étendue même du sujet qu'il veut mettre en drame, les conditions de temps et de lieu qui en sont inséparables.

Voilà donc ce que gagnent les arts et la philosophie des arts à recevoir des règles arbitraires., de forcer les plus grands hommes à imaginer, des subterfuges pour éviter des inconvéniens, à trouver des argumens subtils pour échapper à la chose en adoptant le mot!

Mais si, en choisissant pour sujet d'une, action dramatique ces événemens illustres et dignes de la tragédie, dont parle Corneille, on veut éviter la faute de les entasser d'une manière invraisemblable, l'on tombe nécessairement dans une autre; il faut alors abandonner une partie de ces évènemens, et quelquefois la plus intéressante; il faut renoncer à donner à ceux que l'on conserve un développement naturel: en d'autres termes, il faut rendre la tragédie moins poétique que l'histoire.

Le moyen le plus court de se convaincre qu'il en est vraiment ainsi c'est d'examiner quelqu'une des tragédies conçues dans le système historique, une tragédie dont l'action soit une, grande, intéressante; et de voir si l'on pourrait lui conserver ce quuelle a de plus dramatique, en la pressant dans le cadre des unités. Considérons, par exemple, le Richard II de Shakespeare, qui n'est cependant pas la plus belle de ses pièces tirées de l'histoire d'Angleterre.

L'action de cette tragédie est le renversement de Richard du trône d'Angleterre et l'élévation de Bolingbroke à sa place. La pièce commence au moment où les desseins de ces deux personnages se trouvent dans une opposition ouverte, où le roi, ayant conçu une véritable inquiétude des projets ambitieux de son cousin, se jette, pour les déjouer, dans des mesures qui finissent par en amener l'exécution. Il bannit Bolingbroke: le duc de Lancastre, père de celui-ci, étant mort, le roi s'empare de ses biens, et part pour l'Irlande. Bolingbroke enfreint son ban, et revient en Angleterre, sous le prétexte de réclamer l'héritage qui lui a été ravi par un acte illégal. Ses partisans accourent en foule autour de lui: à mesure que le nombre en augmente, il change de langage, passe par degrés des réclamations aux menaces; et bientôt le sujet venu pour demander justice est un rebelle puissant qui impose des lois. L'oncle et le lieutenant du roi, le duc d'Yorck, qui va à la rencontre de Bolingbroke pour le combattre, finit par traiter avec lui. Le caractère de ce personnage se déploie avec l'action où il est engagé: le duc parle successivement, d'abord au sujet révolté, puis au chef d'un parti nombreux, enfin au nouveau roi; et cette progression est si naturelle, si exactement parallèle aux événemens, que le spectateur n'est pas étonné de trouver, à la fin de la pièce, un bon serviteur de Henri IV dans le même personnage qui a appris avec la plus grande indignation le débarquement de Boling-broke. Les premiers succès de celui-ci étant connus, c'est naturellement sur Richard que, se portent l'intérêt et la curiosité. On est pressé de voir l'effet d'un si grand coup sur l'âme de ce roi irascible et superbe. Ainsi, Richard est appelé sur la scène par l'attente du spectateur en même temps que par le cours de l'action.

Il a été averti de la désobéissance de Bolingbroke et de sa tentative: il quitte précipitamment l'Irlande et débarque en Angleterre dans le moment où son adversaire occupe le comté de Glocester; mais certes, le roi ne devait pas marcher droit à l'audacieux agresseur sans s'être bien mis en mesure de lui résister. Ici la vraisemblance se refusait, aussi expressement que l'histoire même, à l'unité de lieu, et Shakespeare n'a pas suivi plus exactement ce celle-ci que la première. Il nous montre Richard dans le pays de Galles: il aurait pu disposer sans peine son sujet de manière à produire les deux rivaux successivement sur le même terrain; mais que de choses n'eût-il pas dû sacrifier pour cela? et qu'y aurait gagné sa tragédie? Unité d'action? nullement; car où trouverait-on une tragédie où l'action soit plus strictement une que dans celle-là? Richard délibère, avec les amis qui lui restent, sur ce qu'il doit faire, et c'est ici que le caractère de ce roi commence à prendre un développement si naturel et si inattendu. Le spectateur avait déjà fait connaissance avec cet étonnant personnage, et se flattait de l'avoir pénétré; mais il y avait en lui quelque chose de secret et de profond qui n'avait point paru dans la prospérité, et qee l'infortune seule pouvait faire éclater. Le fond du caraetère est le même; c'est toujours l'orgueil, c'est toujours la plus haute idée de sa dignité: mais ce même orgueil qui, lorsqu'il était, accompagné de puissance, se manifestait par la légèreté, par l'impatience de tout obstacle, par une irréflexion qui ne lui permettait pas même de soupçonner que tout pouvoir humain a ses juges et ses bornes; cet orgueil, une fois privé de force, est devenu grave et sérieux, solennel et mesuré. Ce qui soutient Richard, c'est une conscience inaltérable de sa grandeur , c'est la certitude que nul événement humain n'a pu la détruire, puisque rien ne peut faire qu'il ne soit né et qu'il n'ait été roi. Les jouissances du pouvoir lui ont échappé; mais, l'idée de sa vocation au rang suprème lui reste: dans ce qu'il est, il persiste à honorer ce qu'il fut; et ce respect obstiné pour un titre que personne ne lui reconnaît plus ôte au sentiment de son infortune tout ce qui pourrait l'humilier ou l'abattre. Les idées, les émotions par lesquelles cette révolution du caractère de Richard se manifeste dans la tragédie de Shakespeare sont d'une grande originalité, de la poésie la plus relevée, et même très touchantes.

Mais ce tableau historique de l'âme de Richárd et des événemens qui la modifient embrasse nécessairement plus de vingt heures, et il en est de même de la progression des autres faits, des autres passions et des autres caractères qui se développent dans le reste de l'action. Le choc des deux partis, l'ardeur et l'activité croissante des ennemis du roi, les tergiversation de ceux qui attendent la victoire pour savoir positivement quelle est la cause à laquelle les honnètes gens doivent s'attacher; la fidélité courageuse d'un seul homme, fidélité que le poëte a décrite telle que l'histoire l'a consacrée, avec toutes les idée vraies et fausses qui déterminaient cet homme à rendre hommage au malheur en dépît de la force: tout cela est admirablement peint dans cette tragédie. Quelques inconvenances, que l'on en pourrait ôter sans en altérer l'ordonnance, sauraient ne faire illusion sur la grandeur et la beauté de l'ensemble.

J'ai presque honte de donner une esquisse si décharnée d'un si majestueux tableau; mais je me flatte d'en avoir dit assez pour faire voir du moins que ce qu'il y a de caractéristique dans ce sujet exige plus de latitude que n'en accorde la règle des deux unités. Supposons maintenant que Shakespeare, après avoir composé, son Richard II, l'eût, communiqué à un critique persuadé de la nécessité de cette règle. Celui-ci lui aurait probablement dit: Il y a dans votre pièce de fort belles situations et surtout d'admirables sentimens; mais la vraisemblance y est déplorablement choquée. Vous transportez votre pubblic de Londres à Cowentry, du comté de Glocester dans le pays de Galles, du parlement au chàteau de Flint; il est impossible au spectateur de se faire l'illusion nécessaire pour vous suivre. Il y a contradiction entre les situations diverses où vous voulez le placer et la situation réelle où il se trouve. Il est trop sûr de n'avoir pas changé de place pour pouvoir imaginer qu'il a fait tous ces voyages que vous exigez de lui.

Je ne sais, mais il me semble que Shakespeare, aurait été bien étonné de telles objections. Eh! grand Dieu! aurait- il pu répondre, que parlez-vous de déplacemens et de voyages! Il n'en est point question ici; je n'y ai jamais songé, ni mes spectateurs non plus. Je mets sous les yeux de ceux-ci une action qui se déploie par degrés, qui se compose d'événernens qui naissent successivement les uns des autres, et se passent en différens lieux; c'est l'esprit de l'auditeur qui les suit, il n'a que faire de voyager ni de se figurer qu'il voyage. Pensez-vous qu'il soit venu au théâtre pour voir des événemens réels? et me suis-je jamais mis dans la tète de lui faire une pareille illusion? de lui faire croire que ce qu'il sait être déjà arrivé il y a quelques centaines d'années arrive aujourd'hui de nouveau? que ces acteurs sont des hommes-réellement occupés des passions et des affaires dont ils parlent, et dont ils parlent en vers?

Mais, j'ai trop oublié, Monsieur, que ce n'est pas sur l'objection tirée de la vraisemblance que vous fondez le maintien des règles, mais bien sur l'impossibilité de conserver sans elles l'unité d'action et la fixité des caractères. Voyons donc si cette objection peut s'appliquer à la tragédie de Richard II. Eh! comment s'y prendrait-on, je vous le demande avec curiosité, pour prouver que l'action n'y est pas une, que les caractères n'y sont pas constans, et cela parce que le poëte est resté dans les lieux et dans les temps données par l'histoire, au lieu de se renfermer dans l'espace et dans la durée que les critiques ont mesurés de leur chef à toutes les tragédies? Qu'aurait encore répondu Shakespeare à un critique qui serait venu lui opposer cette loi des vingt-quatre heures? Vingt-quatre heures! aurait-il dit: mais pourquoi? La lecture de la chronique de Holingshed a fourni à mon esprit l'idée d'une action simple et grande, une et variée, pleine d'intérêt et de leçons; et cette action, j'aurais été la défigurer, la tronquer de pur caprice! L'impréssion qu'un chroniqueur a produite en moi, je n'aurais pas cherché à la rendre, à ma manière, à des spectateurs qui ne demandaient pas mieux! j'aurais été moins poëte que lui! Je vois un événement dont chaque incident tient à tous les autres et sert à les motiver; je vois des caractères fixes se développer en un certain temps et en certains lieux; et pour donner l'idée de cet événement, pour peindre ces caractères, il faudra absolument que je mutile l'un et les autres au point où la durée de vincgt-quatre heures et l'enceinte d'un palais suffiraient à leur développement?

Il y aurait, Monsieur, je l'avoue, dans votre système, une autre réplique à faire à Shakespeare: on pourrait lui dire que cette attention qu'il a eue à reproduire les faits dans leur ordre naturel et avec leurs circonstances principales les plus avérées, l'assimile plutôt à un historien qu'à un poëte. On pourrait ajouter que c'est la règle des deux unités qui l'aurait rendu poëte, en le forçant à créer une action, un nœud, des péripéties; car «c'est ainsi», dites vous, «que les limites de l'art donnent Tes l'essor à l'imagination de l'artiste, et le forcent à devenir créateur». C'est bien là, j'en conviens, la véritable conséquenee de cette règle; et la plus légère connaissance des théâtres qui l'ont admise prouve de reste qu'elle n'a pas manqué son effet. C'est un grand avantage, selon vous: j'ose n'ètre pas de cet avis, et regarder au contraire l'effet dont il s'agit comme le plus grave inconvénient de la règle dont il résulte; oui, cette nécessité de créer, imposée arbitrairement à l'art, l'écarte de la vérité, et le détériore à la fois dans ses résultats et dans ses moyens.

Je ne sais si je vais dire quelque chose de contraire aux idées reçues; mais je crois ne dire, qu'une vérité très simple, en avançant que l'essence de la poésie ne consiste pas à inventer des faits: cette invention est ce qu'il y a de plus facile et de plus vulgaire dans le travail de l'esprit, ce qui exige le moins de réflexion, et même le moins d'imagination. Aussi n'y a-t-il rien de plus multiplié que les créations de ce genre; tandis que tous les grands monumens de la poésie ont pour base des événemens donnés par l'histoire ou, ce qui revient ici au même, par ce qui a été regardé une fois comme l'histoire.

Quant aux poëtes dramatiques en particulier, les plus grands de chaque pays ont évité, avec d'autant plus de soin qu'ils ont eu plus de génie, de mettre en drame des faits de leur création; et à chaque occasion qui s'est présentée de leur dire qu'ils avaient substitué, sur des points essentiels, l'invention à l'histoire, loin d'accepter ce jugement comme un éloge, ils l'ont repoussé comme une censure. Si je ne savais combien il y a de témérité dans les assertions historiques trop générales , j'oserais affirmer qu'il n'y a pas, dans tout ce qui nous reste du théâtre tragique des Grecs, ni même dans toute leur poésie, un seul exemple de ce genre de création, qui consiste à substituer aux principales causes connues d'une grande action, des causes inventées à plaisir.

Les pöetes grecs prenaient leurs sujets, avec toutes leurs circonstances importantes, dans les traditions nationales. Ils n'inventaient pas les événemens; ils les acceptaient tels que les contemporains les avaient transmis: ils admettaient, ils respectaient l'histoire telle que les individus, les peuples et le temps l'avaient faite.

Et, parmi les modernes, voyez, Monsieur, comme Racine cherche, dans toutes ses préfaces, à prouver qu'il a été fidèle à l'histoire; comme, j'usque dans les sujets fabuleux, il songe toujours à s'appuyer sur des autorités. Ne trouvant pas convènable de terminer par le sacrifice d'Iphigénie la tragédie qui en porte le nom, et n'osant faire de son chef une chose contraire à la tradition la plus accréditée là-dessus, il se félicite d'avoir trouvé, dans Pausanias, le personnage d'Ériphile, qui lui fournit un autre dénouement: «l'heureux personnage d'Ériphile, sans lequel», dit-il, «je n'aurais jamais osé entraprendre cette tragédie». Eh quoi! ce personnage dont Racine avait un si grand besoin, n'aurait-il donc pu l'inventer, ou quelque chose d'équivalent? Ce genre d'invention, libéralement départi par la nature à deux ou trois cents auteurs tragiques, Racine ne l'aurait pas eu? Voyez si ces auteurs sont jamais embarrassés à dénouer leurs pièces lorsqu'il ne s'agit pour cela que d'inventer un personnage ou un prodige! Non, non, Racine n'était pas dépourvu d'une faculté si commune chez les poëtes: mais Racine, doué d'un sentiment exquis de la vérité et des convenances, savait que, dans les sujets historiques, un fait qui n'a pas existé et que l'en voudrait donner comme cause ou comme résultat d'autres faits réel et connus, n'a pas non plus de vérité poétique. Dans les sujets fabuleux même, il sentait que ce qui a fait partie d'une tradition, ce qui a été cru par tout un peuple, a toujours un genre et un degré d'importance que ne peut obtenir la fiction isolée et arbitraire de l'homme,qui se renferme dans son cabinet pour y forger des bouts d'histoire, selon son besoin et son goût. Mais, dira-t-on peut-être, si l'on enlève au poëte ce qui le distingue de l'historien, le droit d'inventer les faits, que lui reste-t-il? Ce qui lui reste? La poésie; oui, la poésie. Car enfin que nous donne l'histoire? des événemens qui ne sont, pour ainsi dire, connus que par leurs dehors; ce que les hommes ont exécuté: mais ce qu'ils ont pensé, les sentimens qui ont accompagné leurs délibérations et leurs projets, leurs succès et leurs infortunes; les discours par lesquels ils ont fait ou essayé de faire prévaloir leurs passions et leurs volontés, sur d'autres passions et sur d'autres volontés, par lesquels ils ont exprimé leur colère, épanché leur tristesse, par lesquels, en un mot, ils ont révélé leur individualité: tout cela, à peu de chose près, est passé sous silence par l'histoire; et tout cela est le domaine de la poésie. Eh! qu'il serait vain de craindre qu'elle y manque jamais d'occasions de créer, dans le gens le plus sérieux et peut-être le seul sérieux de ce mot! Tout secret de l'âme humaine se dévoile, tout ce qui fait-es grands événemens, tout ce qui caractérise les grandes destinées, se découvre aux imaginations douées d'une force de sympatie suffisante. Tout ce que la volonté humaine a de fort ou de mysterieux, le malheur de religieux et de profond, le poéte peut le deviner; ou, pour mieux dire, l'apercevoir, le saisir et le rendre. Lorsque l'on montra à César la tête de Pompée, César pleura sur son illustre ennemi, et fit voir beaucoup d'indignation contro les lâches auteurs de sa mort. Voilà ce que nous savons par l'histoire. Maintenant, lorsque Corneille fait prononcer par Philippe ces paroles qu'il met dans la bouche de César, Restes d'un demi-dieu dont a peine je puis Égaler le grand nom, tout vainqueur que j'en suis, De ces traîtres, dit-il, voyez punir les crimes, Corneille n'invente pas un fait, il n'invente pas même un sentiment; ces vers sont cependant une création , et une belle création poétique. Ce que Corneille a trouvé, c'est une expression par laquelle un homme tel que Cèsar a pu convenablement manifester son caractère, dans la circonstance donnée. Le poëte a traduit, en quelque sorte, en sa langue, les larmes du guerrier victorieux sur le sort tragique du héros vaincu. Ce mélange de magnanimité et d'hypocrisie, de générosité et de politique, cette dissimulation de toute joie dans un excès de fortune, cette émotion de pitié qui vient d'un certain retour sur lui-même et de sa réflexion sur la fin si misérable d'un homme naguère si puissant; tous ces sentimens, dont l'histoire ne donne que le résultat abstrait, Corneille les a mis en paroles, et dans des paroles que César aurait pu prononcer.

Il est cependant certain que, si l'on intordisait au poëte toute faculté d'inventer des événemens, on se priverait d'un très grand nombre de sujets de tragédie. Cette faculté lui doit donc être accordée, ou, pour mieux dire, elle est donnée par les principes de l'art: mais quelle en est la limite? à partir de quel point l'invention commence-t-elle à devenir vicieuse?

Les critiques ont admis généralement les deux principes: qu'il ne faut point falsifier l'histoire, et que l'on peut, que l'on doit même souvent y ajouter des circonstances qui ne s'y trouvent point, pour rendre l'action dramatique. Ils ont ensuie cherché une règle qui pût concilier ces deux principes, et sont à peu près convenus d'admettre celle-ci: que les incidens inventés ne doivent pas, contredire les faits les plus connus et les plus importans de l'action représentée. La raison qu'ils en ont donnée est que le spectateur ne peut pas ajouter foi à ce qui est contraire à une verité qu'il connait. Je crois la règle bonne, parce qu'elle est fondée sur la nature, et assez vague pour ne pas devenir une gêne gratuite dans la pratique; j'en crois même la raison fort juste: mais il me semble qu'il y a à cette règle une autre raison plus importante, plus inhérente à l'essance de l'art, et qui peut donner une direction plus sûre et plus forte pour l'appliquer avec succès; cette raison est que les causes historiques d'une action sont essentiellement les plus dramatiques et les plus interessantes. Les faits, par cela même qu'ils sont conformes à la vérité pour ainsi dire matérielle, ont au plus haut degré le caractère de vérité poétique que l'on cherche dans la tragédie: car quel est l'attrait intellectuel pour cette sorte de composition? Celui que l'on trouve à connaître l'homme, à découvrir ce qu'il y a dans sa nature de réel et d'intime, à voir l'effet des phénomènes extérieurs sur son âme, le fond des pensées par lesquelles il se détermine à agir; à voir, dans un autre homme, des sentimens qui puissent exciter en nous une véritable sympatie. Quand on raconte une histoire à un enfant, il ne manque jamais de faire cette question: Cela est-il vrai? Et ce n'est pas là un goút particulier de l'enfance; le, besoin de la vérité est l'unique chose qui puisse nous faire donner de l'importance à tout ce que nous apprenons. Or, le vrai dramatique, où peut-il mieux se rencontre que dans ce que les hommes ont réellement fait? Un poëte trove dans l'histoire un caractère imposant qui l'arrète, qui semble lui dire, Observe-moi, je t'apprendrai quelque chose sur la nature humaine; le poëte accepte l'invitation; il veut tracer ce caractère, le développer: où trouvera-t-il des actes extérieurs plus conformes à la véritable idée de l'homme qu'il se propose de peindre que ceux que cet homme a effectivement exécutés? Il a eu un but; il y est parvenu, ou il a échoué: où le poëte trouvera-t-il une révélation plus sûre de ce but et des sentimens qui portaient son personnage à le poursuivre que dans les moyens choisis par celui-ci même? Poussons la proposition un peu plus loin pour la compléter. Notre poëte rencontre de même dans l'histoire une action qu'il se plait à considérer, au fond de laquelle il voudrait pénétrer; elle est si intéressante qu'il désire la connaître dans toutes ses parties et en donner l'idée la plus vraie, la plus entière et la plus vive. Pour y parvenir, où cherchera-t-il les causes qui l'ont provoquée, qui en ont décidé l'accomplissement, si ce n'est dans les faits mêmes qui ont été ces causes?

C'est peut-être faute d'avoir observé ce rapport entre la vérité matérielle des faits et leur vérité poétique que les critiques ont apporté à la règle dont j'ai parlé une exception qui ne me semble pas raisonnable. Ils ont dit que lorsque les principales circonstances d'une histoire n'étaient pas très connues, en pouvait les altérer, ou leur en substituer d'autres de pure invention: mais, ou je me trompe fort, ou cela ne s'appelle pas faciliter au poëte la disposition de son sujet; c'est bien plutôt lui ôter les moyens les plus sûrs d'en tirer parti. Qu'importe que ces événemens soient ou non connus du spectateur? Si le poëte les à trouvés, c'est un fil qui lui est donné pour arriver au vrai; pourquoi l'abandonnerait-il? Il tient quelque chose de réel, pourquoi le rejeter? pourquoi renoncer volontairement aux grandes leçons de l'histoire? À quoi bon créer une action, un nœud, des péripéties, pour motiver un résultat dont les motifs sont des faits? Voudrait-on par basard faire voir comment s'y prendrait la nature humaine pour agir si elle avait adopté la règle des deux unités? On croit sans doute faire autre chose; mais, sérieusement, fait-on autre chose que cela dans toutes ces créations où la vérité est altérée à si grands frais et avec des effets si mesquins?

Ainsi donc, trouver dans une série de faits ce qui les constitue proprement une action, saisir les caractères des acteurs donner à cette action et à ces caractères un développement harmonique compléter l'histoire, en restituer, pour ainsi dire, la partie perdue, imaginer même des faits là où l'histoire ne donne que des indications, inventer au besoin des personnages pour représenter les mœurs connues d'une époque donnée, prendre enfin tout ce qui existe et ajouter ce qui manque, mais de manière que l'invention s'accorde avec la réalité, ne soit qu'un moyen de-plus de la faire ressortir, voilà ce que l'on peut raisonnablement dire créer; mais substituer des faits imaginaires à des faits constatés, conserver des résultats historiques et en rejeter les causes parce qn'elles ne cadrent pas avec une poétique convenue, en supposer d'autres par la raison qu'elles peuvent mieux s'y adapter, c'est évidemment ôter à l'art les bases de la nature. Veut-on que ce soit là une création? à la bonne heure; mais ce sera du moins une création à peu près semblable à celle d'un peintre qui, voulant absolument faire entrer dans un paysage plus d'arbres que l'espace figuré sur la toile ne peut en contenir, les presserait les uns contre les autres, et leur donnerait à tous une forme et un port que n'ont pas les arbres de la nature.

L'application que vous faites, Monsieur, de votre théorie au sujet historique de Carmagnola, me paraît à moi- même très propre à servir d'exemple pour expliquer et justifier les idées que je viens de vous soumettre. Je crains seulement, en me servant de cet exemple, d'avoir l'air de repousser votre critique et de dèfendre ma tragédie: mais s'il vous est resté quelque léger souvenir de la manière dont j'ai traité ce sujet, veuillez, Monsieur, l'écarter tout-à-fait de votre esprit, et vous en tenir à examiner seulement ce qu'il peut fournir, tel qu'il est dans l'histoire, à un poëte dramatique; et je vous exposerai les motifs qui me détourneraient de la traiter de la manière que vous proposez.

Permettez-moi de remettre ici encore une fois sous les yeux du lecteur une partie du plan que vous tracez pour cette tragédie.

«Ne pouvait-on pas d'ailleurs faire en sorte que Carmagnola, sollicité par le duc de Milan, se trouvât un moment maitre da sort de la république? La parenté de sa femme avec le duc, son empire sur les autres condottieri, et l'assistance du peuple, pouvaient amener naturellement cette situation. Le poëte eût ainsi mis en présence, dans l'âme du héros, les sentimens de l'homme d'honneur avec l'imagination turbulente du chef d'aventuriers; et Carmagnola, abandonnant par vertu le projet de livrer Venise qui veut le perdre, n'en eût été que plus intéressant lors qu'il succombe, tandis que ce même projet eût servi à motiver et à peindre la timide eternelle politique du sénat.»

Ce plan est très ingénieux dans le système que vous croyez le meilleur; quant à moi, ce qui m'empècherait de l'adopter, c'est que rien de tout ce que vous y faites entrer n'a existé. Il est vrai que des sénateurs, exerçant la puissance souveraine, ont envoyé à la mort un général qui avait été leur bienfaiteur et leur ami; mais cette puissance que vous voudriez attribuer à celui-ci, il ne l'a jamais eue, et le sénat vénitien n'a jamais eu non plus ces craintes par lesquelles vous voudriez motiver ce qu'il a fait. Il l'a cependant fait; il a eu des motifs pour le faire; la connaissance de ces motifs est d'un grand intérêt, je dis d'un grand intérêt dramatique, parce qu'il est très intéressant de voir les véritables pensées par lesquelles les hommes arrivent à commettre une grande injustice: c'est de cette vue que peuvent naître de profondes émotions de terreur et de pitié, si l'on veut caractériser la tragédie par la propriété de produire ces émotions. Or ces motifs, où puis-je les trouver? nulle autre part que dans l'histoire même: ce n'est que là que je puis découvrir le caractère propre des hommes et de l'époque que je veux peindre. Eh bien! un des traits les plus prononcés de cette époque, et l'un de ceux qui contribuent le plus à lui donner une physionomie toute particulière, une couleur toute locale, c'est une jalousie si âpre de commandement et d'autorité, c'est une défiance si alerte et si soupçonneuse de tout ce qui pouvait, je ne dis pas les anéantir, mais les entraver un instant; c'est un besoin si outré de considération politique, que l'on se portait facilement au crime pour défendre non seulement le pouvoir, mais la réputation du pouvoir. Ces idées étaient tellement prédominantes qu'elles modifiaient tous les caractères, ceux des gouvernés comme ceux des gouvernans, et que l'on aurait faite une politique, une morale, et, ce qui est horrible à dire, une morale religieuse, qui pussent aller avec elles. On regardait si peu la vie des hommes comme une chose sacrée qu'il ne semblait pas nécessaire d'attendre qu'elle fût réellement dangereuse pour la leur ôter. On avait si bien pris ses précautions contre les mauvaises conséquences d'une condamnation illégale, l'opinion publique était si muette ou si pervertie, que les hommes placés à la tète de l'état, loin d'avoir à redouter une punition, appréhendaient à peine le blâme. C'est dans de telles circonstances, c'est au milieu de telles institutions, que je vois un homme en opposition avec elles par tout ce qu'il y a en lui de généreux, de noble oú d'impétueux, mais forcé toutefois de s'y ployer, pour pouvoir exercer l'activité de son âme, pour pouvoir être, comme on dit, quelque chose. Je vois cet homme, célèbre par ses victoires, recherché par les puissances, parce qu'elles en avaient besoin, et détesté par elles à cause de sa supériorité et de son humeur indocile et fière. Car, qu'il fût incapable de ployer sous la volonté d'autrui, sa brouillerie avec le duc de Milan qu'il avait remis sur le trône, et la résolution prise par le sénat de Venise de le tuer, le font assez voir: qu'il y eût aussi en lui de la témérité et une grande confiance en sa fortune, on n'en peut douter à la facilité avec laquelle il crut aux fausses protestations d'amitié de ceux qui voulaient le perdre, avec laquelle il donna dans leurs piéges et devint leur victime.

J'observe, dans l'histoire de cette époque, une lutte entre le pouvoir civil et la force militaire, le premier aspirant à être indépendant, et celle-ci à ne pas obéir. Je vois ce qu'il y avait d'individuel dans le caractère de Carmagnola éclater et se développer par des incidens nés de cette lutte. Je trouve que, parmi ceux qui ont décidé de son sort, il y avait des hommes qui étaient ses ennemis personnels, qu'il avait blessés dans les points les plus sensibles de leur orgueil, qu'il avait offensés comme individus et comme gouvernans; je lui trouve aussi des amis, mais des amis qui n'ont pas su ou pu le sauver. Enfin je lui vois une épouse, une fille, compagnes dévouées, mais étrangères aux agitations de la vie politique, et qui ne sont là que pour recevoir la part de bonheur ou de souffrance que leur fera l'homme dont elles dépendent. Voilà en partie ce que ce sujet me semble présenter de poétique, voilà ce que je voudrais savoir peindre et expliquer, si j'avais à traiter de nouveau ce sujet. Mais je ne pourrais jamais, je l'avoue, le traiter en y introduisant les mécontentemens populaires: il n'y en a pas eu, ou au moins il n'en a point parti. Cela aurait,changé totalement la face des choses. Je ne voudrais pas non plus y faire entrer les alarmes de la famille de Carmagnola, excitées par les bruits qui circulent sur les intentions perfides du sénat. C'était le grand caractère de cette époque, que les résolutions importantes, sortout lorsqu'elles étaient iniques, ne fassent jamais précédées de bruits: rien n'avertissait la victime. On ne peut changer ces circonstances sans ôter à la peinture de ces mœurs ce qu'elle a de plus saillant et de plus instructif. Expliquer ce que les hommes ont senti, voulu et souffert, par ce qu'ils ont fait, voilà la poésie dramatique: créer des faits pour y adapter des sentimens, c'est la grande tâche des romans, depuis mademoiselle Scudéri jusqu'à nos jours.

Je ne prétends pas pour cela que ce genre de compositions soit essentiellement faux; il y a certainement des romans qui méritent d'être regardés comme des modèles de vérité poétique; ce sont ceux dont les auteurs, après avoir connu, d'une manière précise et sûre, des caractères et des mœurs, ont inventé des actions et des situations conformes à celles qui ont lieu dans là vie réelle, pour amener le développement de ces caractères et de ces mœurs: je dis seulement que, comme tout genre a son écueil particulier, celui da genre romanesque c'est le faux. La pensée des hommes se manifeste plus ou moins clairement par leurs actions et par leurs discours; mais, alors même que l'on part de cette large et solide base; il est encore bien rare d'atteindre à la vérité dans l'expression des sentimens humains. À côté d'une idée claire, simple et vraie, il s'en présente cent qui sont obscures, forcées ou fausses; et c'est la difficulté de dégager nettement la première de celles-ci qui rend si petit le nombre des bons poètes. Cependant les plus médiocres eux mêmes sont souvent sur la voie de la vérité: ils en ont toujours quelques indices plus ou moins vagues; seulement ces indices sont difficiles a suivre: mais que sera-ce si on les néglige, si on les dédaigne? Or c'est la faute qu'ont commis la plupart des romanciers en inventant les faits; et il en est arrivé ce qui devait en arriver, que la vérité leur a échappé plus souvent qu'à ceux qui se sont tenus plus près de la réalité; il en est arrivé qu'ils se sont mis peu en peine de la vraisemblance, tant dans les faits qu'ils ont imaginés que dans les caractères dont ils ont fait sortir ces faits; et qu'à force d'inventer d'histoires, de situations neuves, de dangers inattendus, d'oppositions singulières de passions et d'intérêts, ils ont fini par créer une nature humaine qui ne ressemble en rien à celle qu'ils avaient sous les yeux, ou, pour mieux dire, à celle qu'ils n'ont pas su voir. Et cela est si bien arrivé que l'épithète de romanesque a été consacrée pour designer généralement, à propos de sentimens et de mœurs, ce genre particulier de fausseté, ce ton factice, ces taits de convention qui distinguent les personnages de roman.

Dire que ce goût romanesque a envahi le théâtre, et que même les plus grands poëtes ne s'en sont pas toujours préservés, ce n'est pas hasarder un jugement; c'est tout simplement répéter une plainte déjà ancienne, et qui devient tous les jours plus générale, une plainte que la vérité a arrachée aux admirateurs les plus sincères et les plus éclairés de ces grands poëtes. Laissant de côté toutes les causes du mal qui sont étrangères à la question actuelle, et qui d'ailleurs ont dejà été l'objet de beaucoup de recherches ingènieuses et savantes, quoique détachées et incomplètes, je me bornerai à hasarder quelques indications légères sur la part que peut y avoir la règle des deux unités.

D'abord elle force l'artiste, comme vous dites, Monsieur, à devenir créateur. J'ai déjà dit quelques mots de ce que me semble ce genre de création; permettez-moi de revenir sur ce point important: je voudrais le développer un peu plus.

Plus on considère, plus on étudie une action historique susceptible d'être rendue dramatiquement, et plus en découvre de liaison entre ses diverses parties, plus on aperçoit dans son ensemble une raison simple et profonde. On y distingue enfin un caractère particulier, je dirais presque individuel, quelque chose d'exclusif et de propre, qui la constitue ce qu'elle est. On sent de plus en plus qu'il fallait de telles mœurs, de telles institutions, de telles circonstances pour amener un tel résultat, et de tels caractères pour produire de tels actes; qu'il fallait que ces passions que nous voyons en jeu, et les entreprises où nous les trouvons engagées, se succédassent dans l'ordre et dans les limites qui nous sont donnés comme l'ordre et les limites de ces mêmes entreprises,

D'où vient l'attrait que nous éprouvons à considérer une telle action? pourquoi la. trouvons-nous non seulement vraisemblable, mais intéressante? c'est que nous en discernons les causes réelles, c'est que nous suivons, du même pas, la marche de l'esprit humain et celle des événemens particuliers présens à notre imagination. Nous découvrons, dans une série donnée de faits, une partie de notre nature et de notre destinée; nous finissons par dire en nous-mêmes: Dans de telles circonstances, à l'aide de tels moyens, avec de tels hommes, les choses devaient arriver ainsi. La création imposée par la règle des deux unités consiste à déranger tout cela, et à donner à l'effet principal que l'on à conservé et que l'on répresente une autre série de causes nécessairement différentes et qui doivent néanmoins être égalément vraisemblables et intéressantes; à déterminer par conjecture ce qui, dans le cours de la nature, à été inutile, à faire mieux qu'elle enfin. Or comment a-t-on du s'y prendre pour atteindre cet inconcevable but?

Nous avons vu Corneille demander la permission de faire aller les événemens plus vite que la vraisemblance ne le permet, c'est-à-dire plus vite que dans la réalité. Or ces événemens que la tragédie représente de quoi sont-ils le résultat? de la volonté de certains hommes, mus par certaines passions. Il a donc fallu faire naître plus vite cette volonté en exagérant les passions, en les dénaturant. Pour qu'un personnage en vienne en vingt-quatre houres à une résolution décisive, il faut absolument un autre degré de passion que celle contre laquelle il c'est debattu pendant un mois. Ainsi cette gradation si intéressante par laquelle l'âme atteint l'extrémité, pour ainsi dire, de ses sentimens, il a fallu y renoncer en partie; toute peinture de ces passions qui prennent un peu de temps pour se manifester, il a fallu la négliger; ces nuances de caractère qui ne se laissent apercevoir que par la succession de circonstances toujours diverses et toujours liées, il a fallu les supprimer ou les confondre. Il a été indispensable de recourir à des passions excessives, à des passions assez fortes pour amener brusquement les plus violens partis. Les poëtes tragiques ont été, en quelque sorte, réduits à ne peindre que ce petit nombre de passions tranchées et dominantes, qui figurent dans les classifications idéales des pédans de morale. Toutes les anomalies de ces passions, leurs variétés infinies, leurs combinaisons singulières qui, dans la réalité des choses humaines, constituent les caractères individuels, se sont trouvées de force exclues d'une scène où il s'agissait de frapper brusquement et à tout risque de grands coups. Ce fond général de nature humaine, sur lequel se dessinent, pour ainsi dire, les individus humains, on n'a eu ni le temps ni la place de le déployer; et le théâtre s'est rempli de personnages fictifs, qui y ont figuré comme types abstraits de certaines passions, plutôt que comme des êtres passionnés. Ainsi l'on a eu des allégories de l'amour ou de l'ambition, par exemple, plutôt que des amans ou des ambitieux. De là cette exagération, ce ton convenu, cette uniformité des caractères tragiques, qui constituent proprement le romanesque. Aussi arrive-t-il souvent, lorsqu'on assiste aux représentations tragiques, et que l'on compare ce qu'on y a sous les yeux, ce que l'on y entend, à ce que l'on connait des hommes et de l'homme, que l'on est tout surpris de voir une autre générosité, une autre pitié, une autre politique, une autre colère que celles dont on a l'idée ou l'expérience. On entend faire, et faire au sérieux, des raisonnemens que, dans la vie réelle, on ne manquerait pas de trouver fort étranges; et l'on voit de graves personnages se régler, dans leurs determinations, sur des maximes et sur des opinions qui n'ont jamais passé par la tête de personne.

Que si, ne voulant pas accélérer les événemens connu, on préfère d'en substituer quelques-uns de pure invention, surtout pour amener le dénoûment, en reste à peu près dans les mêmes inconvéniens. En effet, dès que l'en se propose de faire agir, en peu d'heures et dans un lieu très resserré, des causes qui opèrent une révolution grande et complète dans la situation ou dans l'âme des personnages, il faut de toute nécessité donner à ces causes une force que n'auraient pas eue les causes réelles; car, si elles l'avaient eue, en ne les aurait pas écartées pour en inventer d'autres. Il faut de rudes chocs, de terribles passions, et des déterminations bien précipitées, pour que la catastrophe d'une action éclate vingt- quatre heures au plus tard après son commencement. Il est impossible que des personnages à qui l'en present tant de fougue et d'impétuosité ne se trouvent pas entre eux dans des rapports outrés et factices. Le cadre tragique étant de la même dimension pour tous les sujets, il en est résulté que les objets qui s'y mouvent ont dû avoir à peu près une même allure; de là l'uniformité, non seulement dans les passions agissantes, mais dans la marche même de l'action, uniformité telle, qu'on en est venu à compter et à mesurer le nombre des pas qu'elle doit faire à chaque acte, et par lesquels elle doit se précipiter de l'exposition au nœud, et da nœud à la catastrophe.

Des génies du premier ordre ont travaillé dans ce système: admirons-les doublement d'avoir su produire de si rares beautés au milieu de tant d'entraves; mais nier les fautes nécessaires où le système les a entrainés, ce n'est pas montrer un amour raisonné de l'art, ce n'est pas s'intéresser à sa perfection, ce n'est pas même-montrer pour ces beaux génies un respect bien sincère: une adimration de ce genre a tout l'air d'une admiration de courtisan.

Les faux événemens ont produit en partie les faux sentimens, et ceux-ci, à force d'être répétés, ont fini par être réduits en maximes. C'est ainsi que s'est formé ce code de morale théâtrale, opposé si souvent au bon sens et à la morale véritable, contre lequel se sont élevés, particulièrement en France, des écrits qui restent, et auxquels on a fait des réponses oubliées.

Il ne faudrait pas, j'en conviens, trop insister sur l'influenee que ces fausses maxinies, pompeusement étalées et mises en action dans la tragédie, ont pu exercer sur l'opinion; mais l'on ne saurait non plus nier qu'elles n'en aient eu quelqu'une; car enfin le plaisir que l'on éprouve à entendre répéter ces maximes ne peut venir que de ce qu'on les trouve vraies, et de ce que l'on peut y donner son assentiment. On les adopte donc, et, lorsqu'ensuite il se présente, dans la vie réelle, quelque incident, auquel elles sont applicables, il est tout simple que l'on se les rappelle. Ce serait peut-être une recherche curieuse que celle des opinions que le théâtre a introduites dans la masse des idées morales. Je n'ai garde de l'entreprendre ici; mais je ne veux pas rejeter l'occasion de citer au moins un exemple de cette influence des doctrines théâtrales; je veux parler de celle du suicide; elle est on ne peut plus commune dans la tragedie , et la cause en est claire: on y met ordinairement les hommes dans des rapports si forcés; on les fait entrer dans des plans où il est si difficile que tous puissent s'arranger; on leur donne une impulsion si violente vers un but exclusif, qu'il n'y a pas moyen de supposer que ceux qui le manquent en prendront leur parti, et trouveront encore dans la vie quelque chose qui leur plaise, quelque intérêt digne de les occuper: ce sont des malencontreux dont le poëte se débarrasse bien vite par un coup de poignard.

À force de pratique on a dû en venir à la théorie, et un poëte a donné la formule morale du suicide dans ces deux vers célèbres:

Quand on a tout perdu, quand on n'a plus d'espoir, La vie est un opprobre, et la mort un devoir.

Mais l'orsqu'on sort du théâtre, et que l'en entre dans l'expérience et dans l'histoire, dans l'histoire même des nations païennes, on voit que les suicides n'y sont pas à beaucoup près aussi fréquens que sur la scène, surtout dans les occasions où les poëtes tragiques y ont recours. On voit des hommes qui ont subi les plus grands malheurs ne pas concevoir l'idee du suicide, ou la repousser comme une faiblesse et comme un crime. Certes l'époque où nous nous trouvons a été bien féconde en catastrophes signalées, en grandes espérances trompées; voyons-nous que beaucoup de suicides s'en soient suivis? non; et si la manie en est devenue de nos jours plus commune, ce n'est pas parmi ceux qui ont joué un grand rôle dans le monde, c'est plutôt dans la classe des joueurs malheureux; et parmi les hommes qui n'ont ou croient n'avoir plus d'intérêt dans la vie des qu'is ont perdu les biens les plus vulgaires: car les âmes les plus capables de vastes projets sont d'ordinaire celles qui ont le plus de force, le plus de résignation dans les revers. N'est-il donc pas un peu surprenant de voir que l'on ait gardé ces maximes de suicide précisément pour les grandes occasions et pour les grands personnages? et n'est-ce pas à cette habitude théêtrale qu'il faut attribuer l'étonnement que tant de personnes ont manifesté lorsqu'elles ont vu des hommes qui ne se donnaient pas la mort après avoir essuyé de grands revers? Accoutumés à voir les personnages tragiques déçus mettre fin à leur vie en débitant quelques pompeux alexandrihs ou quelques endécasyllabes harmonieux, serait-il étrange qu'elles se fussent attendues à voir les grands personnages du monde réel en faire autant dans les cas semblables? Certes il faut plaindre les insensés qui, désespérant de la providence, concentrent tellement leurs affections dans une seule chose, que perdre cette chose ce soit avoir tout perdu, ce soit n'avoir plus rien à faire dans cette vie de perfectionnement et d'epreuve! Mais transformer cet égarement en magnanimité, en faire une espèce d'obligation, un point d'honneur, c'est jeter de déplorables maximes sur le théâtre, sans se demander si elles n'iront jamais au, delà, si elles ne tendront pas à corrompre la morale des peuples.

On a beaucoup reproché aux poëtes dramatiques de l'école francaise, sans en excepter ceux du premier ordre, d'avoir donné, dans leurs tragédies, une trop grande part à l'amour; surtout d'avoir frèquemment subordonné à une intrigue amoureuse des événemens de la plus haute importance, et où il est bien constaté, que l'amour ne fut jamais pour rien. Je ne veux pas décider ici si ces reproches sont fondés ou non; mais je ne puis me défendre d'observer que, parmi les causes qui ont concouru à rendre l'amour si dominant sur le théâtre français, on n'a jamais compté la règle des deux unités. Elle a dû cependant y être pour quelque chose. Cette règle, en effet, a forcé le poëte a se restreindre à un nombre plus limité de moyens dramatiques, et parmi ceux qui lui restaient, il était naturel qu'il s'arrètât de prèfrence à ceux que lui fournissait la passion de l'amour, cette passion étant de toutes la plus féconde en incidens brusques, rapides, et partant plus susceptibles d'être renfermés dans le cadre étroit de la règle.

Pour produire une révolution dans une tragédie fondée sur l'amour, pour faire passer un personnage de la joie à la douleur, d'une résolution á la résolution contraire, il suffi des incidens en eux-mêmes les plus petits et les plus détachés de la chaine générale des événemens. Ici vraiment les faits occupent la moindre place possible en durée comme en espace. La découverte d'un rival est bientôt faite; un dédain, un sourire, quelques mots qui donnent l'espérance ou qui la détruisent son bientôt échappés, bientôt entendus, et ont bientôt produit leur effet. Il est difficile, par exemple, de trouver une tragédie où l'action marche, avec plus de rapidité et de suite, précipitée par les oscillations et les obstacles même qui semblent devoir l'arrèter, que celle d'Andromaque. Racine n'a point eu de difficulté à faire entrer, une telle action dans le cadre resserré du système qu'il avait adopté, parce que tout, dans cette actio n, dépend d'une pensée d'Andromaque et de la résolution qu'elle va prendre. Mais les grandes actions historiques ont une origine, des impulsions, des tendances, des obstacles bien différens et bien autrément compliqués; elles ne se laissent donc pas si aisément réduire, dans l'imitation, à des conditions qu'elles n'ont pas eues dans, la réalité.

Cette part capitale donnée a l'amour dans la tragédie ne pouvait pas être sans influence sur sa tendance morale: on ne pouvait pas se borner à sacrifier au développement de cette passion tous les autres incidens dramatiques, il fallalt encore lui subordonner tous les autres sentimens humains, et plus rigoureusement les plus importans et les plus nobles. Je n'ignore pag que le poëte tragique écarte avec soin ce qui n'est pas relatif à l'intérêt qu'il se propose d'exciter, et. en cela il fait très bien; mais je crois que tous les intérêts qu'il introduit dans son plan il doit les développer, et que si des élémens d'un intérêt plus sérieux et plus élevé que celui qu'il aspire particulièrement à produire tiennent tellement à son sujet qu'il n'ait pu les écarter tout à fait, il est obligé de leur donner, dans l'imitation, cette prééminence qu'ils doivent avoir dans le cœur et dans la raison du spectateur. Or c'est ce que le système tragique où l'amour domine n'a pas toujours permis: il a, si je ne me trompe, forcé quelquefois de grands poétes à rejeter dans l'ombre ce qu'il y avait dans leurs sujets de plus pathétique et d'incontestablement principal; il est quelquefois arrivé à ces poétes, après avoir touché par hazard, et comme à la dérobée, les cordes du cœur humain les plus graves et les plus morales, d'être obligé de les abandonner bien vite, pour ne pas courir le risque de compromettre l'effet des émotions amoreuses, auquel tendait principalement leur plan.

Avec l'admiration profonde que doit avoir pour Racine tout homme qui n'est pas dépourvu de sentiment poétique, et avec l'extrême circonspection qu'un étranger doit porter dans ses jugemens sur un écrivain proclamé classique par deux siècles éelairés, serai vous soumettre quelques réflexions sur la manière dont ce grand poëte a traité le sujet d'Andromaque. Malgré l'art admirable et les nuances délicates de coloris avec lesquels est peinte la passion de Pyrrhus, d'Hermione et d'Oreste, je suis persuadé que, pour tout spectateur doué, je ne dirai pas d'une sensibilité exquise, mais d'un degré ordinaire d'humanité, l'intérêt principal se porte sur Astyanax. Il s'agit, en effet, de savoir si un enfant sera ou ne sera pas livré à ceux qui le demandent pour le faire mourir; et je crois que toutes les fois que l'on jettera une telle incertitude dans l'âme de spectateurs qui porteront au théâtre des dispositions naturelles et non faussées par des théories arbitraires, le sentiment qu'elle excitera en eux prendra décidément le dessus parmi tous les autres, et laissera moins de prise aux agitations et aux souffrances de ces héros et de ces héroines qui s'aiment tous à contro-temps. Cependant ce pauvre Astyanax, ce malheureux fils d'Hector, ne parait jamais dans la pièce que comme un accessoire, comme un moyen. On voit bien qu'il faut, pour que les affaires des amoureux se brouillent,ou s'arrangent, que le sort de l'enfant soit décidé; mais ce n'est que relativement à l'intrigue amoureuse qu'il est question de lui, excepté, lorsque c'est Andromaque qui en parle. Ainsi Oreste ne désire pas, il est vrai, d'obtenir Astyanax pour le livrer à ses bourreaux; mais c'est parce qu'il entre dans le plan de son amour que Pyrrhus le lui refuse:

Je viens voir si l'en peut arracher de ses bras,

Cet enfant dont la vie alarme tant d'états;

Heureux si je pouvais, dans l'ardeur qui me presse,

Au lieu d'Astyanax lui ravir ma princesse!

Ainsi encore, lorsque Pyrrhus refuse l'innocente victime, c'est bien la piié qu'il donne pour motif de son refus, mais le spectateur ne s'y méprend pas: il voit clairement que le vrai motif de Pyrrhus est de ne pas blesser à jamais le cœur d'Andromaque, et de ménager une chance favorable à son amour. Cela est si vrai que, lorsqu'Andromaque rejette ses vœux, il lui déclare qu'il va livrer Astyanax; et l'on voit alors, d'un côté, une femme à genoux qui s'écrie: N'égorgez pas mon enfant; et, de l'autre, un amant qui dit et redit à cette femme que son enfant sera livré pour la punir de son indifférence pour lui Pyrrhus. Le sentiment le plus simple, le plus vif, le plus commun de la nature, Pyrrhus ne le suppose pas; il ne lui vient jamais à l'esprit qu'Andromaque puisse aimer son fils indépendamment de l'amour ou de la haine qu'elle peut avoir pour un homme qui la recerche.

Non, vous me haïssez, et, dans le fond de l'âme,

Vous craignez de devoir quelque chose à ma flamme.

Ce fils, ce même fils, objet de tant de soins,

Si je l'avais sauvé, vous l'en aimeriez moins.

Observera-t-on que Pyrrhus, lorsqu'il a une fois résolu d'abandonner Astyanax aux bourreaux qui le reclament, montre quelques regrets sur le sort de cet enfant? oui; mais c'est à cause d'Andromaque: il voit la douleur et les larmes où la perte d'un fils adoré va plonger la femme qu'il aime; voilà ce qui le preoccupe, et non la lâcheté dont il se rend coupable en accédant à un acte inhumain de politique. Mais quoi! l'amour le fascine au point qu'il va jusqu'à douter un moment si, après avoir perdu son fils, Andromaque ne sera pas un peu piquée de voir celui qui l'a livré devenir l'époux d'une autre femme:

Crois-tu, si je l'epouse,

Qu'Andromaque en son cœur n'en sera pas jalouse?

Enfin rien ne fait mieux sentir que la mort d'Astyanax n'est rien dans la pièce que la manière dont Phoenix en est affecté. Il n'est pas amoureux celui-là; il n'a point d'intérêt personnel à cette persécution d'un enfant par la Grèce entière: et il y aurait calomnie à le traiter de méchant homme. E ne manque même pas de ce genre de bonté, pour ainsi dire toute philosophique, que l'on ne rencontre guère que dans les confidens vertueux de tragédie, et qui ne laisse pas d'avoir sa singularité. En effet, ces personnages se mêlent de tout, et n'agissent jamais dans des vues personnelles: ils tiennent de près à l'action tragique, mais ils n'y tiennent par aucun motif qui leur soit propre; ils ont fait leurs affaires et leurs passions des affaires et des passions d'autrui. Parfaitement désintéressés, et cependant plein de zèle, inaccessibles à la corruption, à la tentation même, ce sont. des courtisans d'une espèce nouvelle, qui s'oublient, qui ne sont rien dans le monde et n'y veulent rien être: ce sont de purs esprits, qui semblent n'avoir pris momentanément un corps que pour faire aller une tragédie. Aussi n'est-il pas rare de les voir montrer la plus haute sagesse au milieu des passions les plus folles, et un sang-froid adimirable dans les plus horribles dangers. Et c'est peut-être ce calme imperturbable, ce désinteressement absolu, qui ont donné à quelques critiques l'idée un peu bizarre de comparer les confidens de la tragédie française aux chœurs des Grees.

Mais revenons à Phoenix. Eh bien! Phoenix, louant Pyrrhus du parti qu'il a pris enfin de livrer Astyanax, n'a pas l'air de soupçonner qu'il y ait dans ce parti rien de lâche et de barbare. Il y a un moment où l'on pourrait esperer qu'il va laisser percer quelque scrupule là-dessus; on écoute, et c'est pour l'entendre dire:

Oui, je bénis, seigneur, l'heureuse cruauté

Qui vous rend .....

Et Dieu sait ce qu'il allait ajouter si Pyrrhus ne lui eût coupé un peu brusquernent la parole sur un exorde si expressif!

Je n'ai rien dit d'Hermione; mais qu'y a-t-il à en dire sous le rapport que je considère? Ivre du bonheur de voir Pyrrhus rendu à son amour, peut-il lui venir dans l'idée que la mort d'un enfant troyen va être le gage de ce bonheur? Cependant elle est bien obligée d'y songer un instant, lorsqu'Andromaque vient, en suppliante, la conjurer, de fléchir Pyrrhus; mais du reste elle se dispense de se rendre à la prière de cette mère désolée, sous le prétexte d'un devoir austère, et se contente de dire:

S'il faut fléchir Pyrrhus, qui le peut mieux que vous?

Vos yeux assez long-temps ont régné sur son âme.

Faites-le prononcer, j'y souscrirai, madame.

c'est-à-dire je n'insisterai pas pour que votre fils soit égorgé.

Il sera vrai, si l'on veut, que d'abominables préjugés, de fausses institutions, des passions effrénées, aient porté un homme, quelques hommes, tout un peuple, au degré de férocité que supposeraient de telles mecurs: j'admettrai que cette férocité puisse se trouver combinée avec l'amour le plus tendre et le plus raffiné; j'irai plus loin, s'il le faut, je croirai qu'il n'est pas impossible que ce soit cet amour lui même qui ait engendré un oubli si complet des sentimens les plus universels de l'humanité. Ce qui m'étonne, ce que je voudrais savoir et n'oso presque demander, c'est comment il arrive que là où l'on représente de telles mœurs, cet oubli même de l'humanité et de la nature ne soit pas , pour le spectateur, la partie dominante et la plus terrible du spectacle? J'ai peine à comprendre comment, en présence de phénomènes moraux aussi étranges, aussi monstrueux que ceux dont il s'agit, l'on peut se prendre d'un intérêt sérieux pour des incertitudes et des querelles d'amour? comment la curiosité ne se porte pas plutôt à démêler, dans le cœur et dans l'esprit de ces étonnans personnages offerts à sa contemplation, les sentimens et les idées qui en ont fait des exceptions à la nature humaine? Que si ces sentimens, ces idées ont été ceux d'un peuple et d'une époque, il n'en est que plus important d'en observer tous les indices, de savoir comment ils se produisent, et d'apprécier ce qui en résulte. J'ai surtout de la peine, je le répète, à concevoir que, dans le choc des passions de Pyrrhus, d'Oreste et d'Hermione, Astyanax ne soit pas l'objet essentiel de l'anxiété du spectateur que celui-ci puisse être frappé des soupirs et des fureurs des trois amans, par un motif plus pressant que celui de savoir si le malheureux enfant leur sera ou non sacrifié!

Mais peut-être, dans le système dramatique où l'amour domine, est-on obligé de considérer tout le reste comme accessoire; et Racine, à ce qu'il paraît, en a ainsi jugé, puisque la tragédie d'Andromaque se termine sans que le sort d'Astyanax soit décidé. Il est, pour le moment, en sûreté avec sa mère: le peuple les a pris tous les deux sous sa protection; mais le projet, connu par la Grèce entière d'immoler le fils d'Hector subsiste; là vie de cet enfant est toujours en danger; car ses ennemis sont toujours les plus forts, et les motifs qu'ils ont pu avoir de l'immoler sont plutôt ronforcés qu'affaiblis, depuis que sa mère semble avoir trouvé un parti dans la Grèce même. L'observation que je fais ici relativement à Andromaque trouverait son application dans un foule d'autres tragédies dont l'intérêt roule de même sur l'amour, et où il est tellement principal qu'une fois les personnages amoureux, contens ou morts, il ne reste plus dans l'action aucun sujet d'incertitude ou de curiosité; où tout ce qui n'est pas l'amour se rapporte encore à l'amour, et n'excite d'attention que comme moyen offert ou comme obstacle opposé aux flammes des amans. Il y a, par exemple, dans Andromaque même l'énoné d'un fait qui, si on allait le scruter de trop près, pourrait bien produire une impression fort contraire au sentiment que le poëte veut inspirer pour la veuve d'Hector. Il s'agit de ce qu'Oreste dit, dès la première scène, a propos d'Astyanax:

J'apprends que, pour ravir son enfance au supplice,

Andromaque trompa l'ingénieux Uysse;

Tandis qu'un autre enfant, arraché de ses bras,

Sous le nom de son fils fut conduit au trépas.

Si le spectateur, dis-je, prenait cela au sérieux, et voulait régler ses sentimens pour Andromaque sur ce que le poëte raconte d'elle, il y a beaucoup d'apparence, que la pitié pour cette héroïne serait un peu affaiblie par le souvenir d'une action si cruelle: car enfin ce n'est ni à Andromaque ni à

Astyanax, c'est à une mère et à un enfant que le spectateur s'intéresse; et, s'il se rencontre une mère qui ait pu livrer l'enfant d'une autre à la mort, on n'éprouvera jamais pour elle une sympathie entière et pure lorsqu'elle sera en danger de voir périr le sien. Je crois que pour prendre un intérêt complet aux malheurs d'un personnage quelconque, le spectateur a besoin de lui trouver des sentimens d'humanité. Un être humain qui pour connaître la pitié aurait attendu d'en avoir besoin, qui l'invoquerait sans l'avoir jamais sentie, courrait beaucoup de risque de n'inspirer qu'un faible intérêt. Tout ce qu'on lui devrait, ou du moins tout ce que l'on pourrait lui accorder, serait un pénible mêlange de commisération et d'horreur; et Andromaque elle-même, s'il était vrai qu'elle eût commis une cruauté pour prévenir une infortune, nous toucherait bien moins quand cette infortune vient à l'accabler; ses douleurs auraient l'air d'une punition du ciel; ses larmes auraient, pour ainsi dire, été souillées dans leur source même; elles auraient perdu ce qu'ont de plus puissant et de plus sacré les larmes d'une mère qui supplie pour la vie de son enfant.

Un critique qui, il faut bien le croire, a été quelque temps une autorité en littérature, (2) a paru soupçonner que l'idée du sacrifice d'Astyanax pouvait produire un sentiment nuisible à l'effet de la tragédie de Racine, et voici comme il aplanit toute la difficulté: «Si Pyrrhus», dit-il, «n'obtient pas la main d'Andromaque, il livrera le fils de cette princesse aux Grecs, qui le lui demandent. Ils ont des droits sur leur vietime, et il ne peut refuser à ses alliés le sang de leur ennemi commun, à moins qu'il ne puisse leur dire: Sa mère est ma femme, et son fils est devenu le mien. Voilà des motifs suffisans, bien conçus et bien dignes de la tragédie.» Des droits! le droit de tuer un enfant parce qu'il est le fils d'un ennemi! Le critique ne le pensait pas, aussi ajoute-t-il de suite ces paroles non moins étonnantes: «Quoique ce sacrifice d'un enfant puisse nous paraître tenir de la cruauté, les mœurs connues de ces temps, les maximes de la politique et les droits de la victoire l'autorisent suffisamment.» Cela peut être: mais, dans ce cas, ce sont ces mœurs, ces maximes de politique, et cette manière de concevoir les droits de la victoire, c'est l'horrible puissance qu'on leur attribue de porter les hommes à sacrifier un enfant, qui est le côté le plus terrible et le plus dramatique du sujet, c'est le sujet tout entier, si je ne me trompe; car l'amour devient, pour ainsi dire, une passion de luxe, une frivolité, si on le rapproche d'une idée si grave. Mais, me dira-t-on sans doute, ne doit-on pas admirer l'art du poëte qui a su si pleinement nous captiver pour des intérêts amoureux, en présence et, pour ainsi dire, en dépit des intérêts les plus simples et les plus sacrés de l'humanité? Oui, certes, on doit l'admirer; mais n'est-il pas permis aussi de trouver quelque chose à redire à un système dans lequel un des plus heureux genies poétiques qui aient jamais existé emploie toutes ses ressourses à faire prédominer une impression qui n'est que secondaire, pour le genre et le degrè de sympathie qu'elle peut produire, sur une impression aussi pure, aussi religieuse, aussi éminemment poétique, que la pitié pour un enfant que des hommes veulent égorger, en vertu des pretendus droits de la victoire et de la politique? N'y a-t-il rien à regretter dans un système qui oblige ou qui expose incessamment le poëte à faire taire la voix de l'humanité, pour ne laisser entendre que celle de l'amour?

Je n'ai pas pretendu indiquer, bien s'en faut, tous les effets des règles arbitraires sur le poëme dramatique; il faudrait pour cela examiner, dans tous ses développemens, la tragédie telle qu'elle est résultée de l'observance de ces regles. Si, comme il me semble demontré, elles introduisent dans l'art des élémens étrangers, si elles imposent aux sujets dramatiques une forme independante de leur nature, il est bien clair que la tragédie n'a pu les admettre sans se ressentir désavantageusement, et dans toutes ses parties, de leur influence; et l'on peut en dire autant de toutes les règles factices dans tous les genres de poésie.

Remarquez, je vous prie, Monsieur, sur quels principes en s'est fondè pour les établir ces règles. C'est de la pratique qu'on les a toujours prises. Ainsi, dans le poëme epique, on est parti de l'Iliade pour trouver les règles: et le raisonnoment que l'en a fait, pour prouver qu'elles s'y trouvaient, est assurement un des plus curieux qui soient jamais tombés dans l'esprit des hommes. On a dit que puisqu'Homère avait atteint la perfection en remplissant telles et telles conditions, ces conditions devaient être regardées comme necessaires partout, pour tout et pour toujours. On n'a oublié en cela qu'un des caractères les plus essentiels de la poésie et de l'esprit humain: en n'a pas vu que tout poëte, digne de ce nom, saisit precisement dans le sujet qu'il traite les conditions et les caractères qui lui sont propres; et qu'à un but déterminé et special il ne manque jamais d'approprier des moyens également spéciaux. Aussi les règles générales que l'on a tirées, Dieu sait comment, de l'Iliade, pour les imposer à tout poéme sérieux de longue haleine, se sont trouvées non seulement gratuites, mais inapplicables relativement à beaucoup de productions du premier ordre, par la raison que les autours de celles-ci ont vu dans leur sujet, ainsi qu'Homère dans le sien, ce que ce sujet avait de propre et d'individuel; par la raison que, comme Homère, ils se sont conformés, dans l'exécution, à cette vue première, à cette perception rapide et simultanée des moyens qui convenaient à leur but. Il a du arriver de la sorte aux théoristes de trouver, dans bien des poëmes épiques, des choses qu'ils n'avaient ni prévues ni soupçonnées, puisqu'elles n'étaient pas dans l'Iliade. Mais les théoristes de l'épopée ont l'air d'avoir été plus accommodans que ceux du drame: ils ont admis des exceptions aux règles déduites de l'Iliade, pour les sujets qui ne se prêtaient pas à ces règles: et, comme ces exceptions ne laissent pas d'être nombreuses, sont même plus nombreuses que les cas réguliers, il y a vraiment lieu à se féliciter de cette condescendance de la part des régulateurs de l'épopée.

Parmi les ouvrages modernes qui approchent, le plus de l'idéal convenu pour le poëme épique, et qui sont regardés comme classiques dans l'Europe entière, il y en a trois, je crois, où l'on est parvenu, tant bien que mal, à trouver l'application des règles homériques, et le vrai type du genre; ce sont la Jerusalem délivrée, la Lusiade et la Henriade: mais, pour la Divine commédie et le Roland furieux, pour le Paradis perdu, la Messiade et tant d'autres poëmes, les critiques ont eu beau se tourmenter à leur faire une case dans leurs théories, ils n'ont pu en venir à bout; ces poëmes leur ont toujours échappé par quelque côté. Dans le premier, on a cherché en vain une certaine unité conforme à l'idée générale que l'on s'en était faite; dans le second, on n'a pas su au juste quel était le protagoniste; dans l'autre, enfin, les événemens n'étaient pas du genre epïque proprement dit: si bien que l'on a fini par ne plus savoir de quel titre qualifier ces compositions indociles; tout ce dont en est convenu à leur egard, c'est qu'elles n'avaient pas moins d'agrémens ou moins de beautés que les modèles auxquels elles ne rassemblaient pas. Le plus plaisant est que les critiques, au lieu de se donner tant de peine pour essayer de ranger sous une denomination commune tant de poëmes divers, ne se soient jamais avisés de réfléchir que cette dénomination n'existait pas à priori, et que le vrai titre de chacun de ces poëmes était celui que lui avait donné son auteur. Mais cela était trop complexe, trop opposé à l'idée commode de l'unité; il fallait à la théorie, pour la mettre à son aise, un nom de genre pour les poëmes épiques. Mais il eût fallu pour cela que la théorie devançat la pratique: alors plus d'exceptions obligées, et partant plus de difficultés, plus d'embarras.

Forcés de reconnaître des exceptions, les critiques épiques ont du moins essayé de les limiter et de les restreindre, combattant encore ainsi pour l'honneur des règles, alors même qu'ils semblaient les sacrifier: ils ont déclaré qu'ils voulaient accorder le privilege de violer ces règles, mais qu'ils ne voulaient l'accorder qu'à de grands génies. Y pensaient-ils bien? Si ce sont les grands génies qui violent les règles, quelle raison restera-t-il de présumer qu'elles sont fondées sur la nature, et qu'elles sont bonnes à quelque chose?

Il est impossible de tromper un homme de goût sur l'unité de lieu, et difficile de le tromper sur celle de temps. Aussitôt que, dans votre pièce, une décoration change, il vous prend en flagrant délit, et il est prouvé dès lors que vous ne connaissez pas les premiers élémens de l'art.

Et par respect pour qui supporterait-on à perpétuité cette gêne? Par respect pour quelques commentateur d'Aristote? Ah! si Aristote le savait! Mais n'est-il pas bien démontré aujourd'hui qu'il n'a jamais songé à préscrire à la tragédie les règles qui lui ont été imposées en son nom, et que l'en a abusé de son autorité pour établir un déplorable despotisme? Si ce philosophe revenait, et qu'on lui présentât nos axiomes dramatiques comme issus de lui, ne leur ferait-il pas le même accueil que fait M. de Pourceaugnac à ces jeunes

Languedociens et à ces jeunes Picards dont on veut à toute force qu'il se déclare le père? Voyez, Monsieur, par quelles voies ces règles se sont glissées dans le théâtre francais. C'est d'Aubignac qui le premier en France s'avisa de croire que l'en n'aurait jamais de tragédie à moins de les adopter; c'est Mairet qui le premier les mit en pratique; c'est Chapelain qui fut chargé des négociations auxquelles il fallut recourir pour vaincre la repugnance des comédiens à jouer une pièce où ces règles étaient observées. Ce sont ces règles qui, à peine nées, ont donné à Scudéri le pouvoir de faire passer de mauvaises nuits à ce bon et grand Corneille. Corneille s'est débattu quelque temps sous le joug, et ne l'a à la fin subi qu'en frémissant; Racine l'a porté dans toute sa rigueur: car braver une erreur qui est dans la vigueur de la jeunesse, cela ne vient à la téte de personne. Les esprits les plus éclairés et les plus indépendans sont les derniers à lutter contre un préjugé qui va s'établir; ils sont les premiers à s'élever contro un préjugé qui a long-temps régné: il ne leur est pas donné de faire plus. Racine a donc porté le joug; mais on ne voit pas qu'il l'ait aimé. Et quelle raison aurait-il eue de l'aimer? quelle obligation a-t-il aux règles de d'Aubignac? quelle beautés leur doit-il? E serait plus facile de dire en quoi elles ont contrarié et gêné son admirable talent que de faire voir comment elles l'ont aidé. On ne soutiendra pas peut-être que ce talent, si complet et si sûr, se serait égaré en s'exerçant dans un champ plus vaste. Il y aurait, je pense, plus de justice à présumer que, plus libre dans son art, Racine n'eût pas pour cela abusé des heureux dons de la nature; qu'on traitant des sujets plus relevés et plus graves il n'aurait rien perdu de cette rectitude de jugement, de cette délicatesse de goût, qui lui font toujours trouver ce qu'il y a de plus fort dans le vrai, de plus exquis dans le naturel. Il est permis de croire que l'amour n'était pas l'unique passion qu'il pût faire parler avec éloquence; qu'avec plus de moyens de pénétrer dans les profondeurs de l'histoire, et de suivre la marche franche et naturelle des événemens tragiques, il n'aurait pas oublié le secret de ce style enchanteur, où l'art se cache dans la perfection, où l'élégance est toujours au profit de la justesse, où l'on reconnait à chaque trait le reflet d'un sentiment profond qui démêle toutes les nuances des idées et des objets, avec le don de s'arrêter constamment aux plus poétiques.

Mais Racine, entend-on dire tous les jours, Racine et bien d'autres poétes qui, pour n'être pas ses égaux, ne sont cependant pas des écrivains vulgaires, ont examiné les règles dont il s'agit, ils s'y sont soumis; et n'y-a-t-il pas un orgueil intolérable à croire que l'on voit plus juste et plus loin qu'eux, que de tels hommes se sont laissés garrotter par des liens que le moindre effort de leur raison aurait dû briser? Eh non, il n'y a pas d'orgueil à se croire, en certaines choses, plus éclairé que les grands bommes qui nous ont précédés. Chaque erreur a son temps et, pour ainsi dire, son règne, pendant lequel elle-subjugue les esprits les plus élevés, des hommes supérieurs ont cru pendant des siècles aux sorciers, et il n'y a assurément aujourd'hui d'orgueil pour personne à se prétendre plus éclairé qu'eux sur le point de la sorcellerie.

Une fois ces règles adoptées, voyez, Monsieur, tout ce qu'il a fallu faire pour les soutenir; que de nouveaux argumens on a dû chercher à chaque nouvelle attaque! comme on a été obligé de trouver de nouveaux étais pour soutenir un édifice toujours chancelant sur ses bases! à quelles concessions arbitraires il a fallu en venir de temps à autre dans la théorie, sans avantage décisif pour la pratique! Vous-même, Monsieur, en voulant raisonner sur ces règles plus exactement qu'on ne l'avait fait jusqu'ici, vous avez été obligé d'en altérer un peu la formule sacramentelle. Vous avez substitué le terme d'unité de jour à celui d'unité de temps, et j'ose présumer que c'est pour avoir senti l'absurdité d'un terme qui ne signifie rien, s'il exprime autre chose que la conformité entre le temps réel de la représentation et le temps fictif que l'on attribue à l'action. Dans ce cas même, ce terme baroque d'unité de temps ne rend pas l'idée d'une manière precise. Vous avez donc bien fait de l'abandonner; mais celui que vous y substituez, en exprimant une idée fort nette, ne laisse que mieux voir ce qu'il y a d'arbitraire dans la règle énoncée. On comprend fort bien ce que veut dire unité de jour, mais on est de suite tenté de s'écrier pourquoi justement un jour? J'ose même vous annoncer qu'il vous faudra changer aussi le terme d'unité de lieu; car il ne peut signifier que la permanence de l'action dans le lieu où l'on a une fois introduit le spectateur. Mais si vous admettez, Monsieur, que l'on puisse transporter le lieu de l'action, au moins à de petites distances, il faut trouver un terme qui exprime quelque autre chose que la stricte unité de lieu, puisque celle-là vous l'avez sacrifiée. Ce n'est pas ici une dispute sur les mots; car le défaut de l'expression et la difficulté d'en trouver une qui soit claire, et précise viennent de l'arbitraire, du vague et de l'oscillation de l'idée même que l'on cherche à exprimer.

Vous paraissez, Monsieur, effrayé pour moi de la témérité qu'il y a dans le projet de faire supporter, dans ma patrie, des tragédies qui ne soient pas soumises à la règle des deux unités. «Qu'on juge après cela», dites-vous, «du projet d'introduire une pareille innovation en Italie!» Ce n'est pas sûrement à moi à vous dire de quelle manière l'essai dramatique, dont vous avez eu la bonté de parler, a pu être accueilli par mes compatriotes; mais, en thèse générale, je puis vous assurer que les idées romantiques ne sont pas si discréditées en Italie que vous paraissez le croire. Elles y sont fort débattues, et c'est déjà un présage de triomphe pour le côté de la raison. Quelques écrivains, dégoûtés de la pédanterie et du faux qui dominent dans les théories reçues de la poésie et de la littérature en général, frappés des vérités éparses dans quelques écrit français, allemands, anglais et italiens, sur les doctrines-du beau, ont donné une attention particulière à ces questions. Sans adopter aucun des divers systèmes proposés par des littérateurs philosophes, ils ont recueilli de toutes parts les idées qui leur ont paru vraies, en ont séparé ce qui, à leur sens, tenait à des circonstances locales, à des systèmes particuliers de philosophie, ou même à des préjuges nationaux, et se sont ralliés à un principe general, qu'ils ont exposé, enrichi de nouvelles prouves, et agrandi, ce me semble, en laissant au principe et aux doctrines le nom de romantiques, bien que ce nom ne représente, pas pour eux le même ensemble d'idées auquel il a été appliqué chez d'autres nations.

J'irais au delà de la vérité si je vous disais que leurs efforts ont obtenu un plein succès. L'erreur ne se laisse nulle part, et dans ancun genre, détruire en un jour. La torture a duré long-temps encore après l'immortel traité des délits et des peines; cela reconnu, il faudrait être bien impatient et bien égoiste pour se plaindre de la ténacité des préjugés littéraires. Mais parmi les défenseurs de ces doctrines, dont je suis fâché de ne pouvoir faire ici qu'une mention collective et rapide, il se trouve des hommes particulièrement voués aux études philosophiques et accoutumés à porter dans toute discussion les lumières qui résultent d'un grand ensemble de connaissances: il s'y trouve des poëtes dont le talent n'est pas contesté même par ceux qui ne partagent pas encore leurs principes littéraires; des poëtes, dont les uns ont fait valoir ce talent pour populariser leur doctrine poétique, et dont d'autres l'ont dèjà justifiée par d'heureux essais. On a vu d'excellens esprits, prévenus d'abord contre ces doctrines, finir par les adopter. L'erreur est déjà troublée dans sa possession, avec le temps elle sera dépossédée; et puisqu'il est assez ordinaire aux hommes qui abandonnent de guerre lasse les vieilles erreurs, d'outrer les vérités nouvelles qu'ils sont forcés d'adopter, et de les interpréter avec une rigueur pédantesque, comme pour se donner l'air de ne pas arriver trop tard à leur secours, je ne désespère pas de voir le jour où les romantiques actuels de l'Italie s'entendront reprocher de n'être pas assez romantiques.

Le règne des erreurs grandes et petites me semble avoir deux périodes bien distinctes. Dans la première, c'est comme étant la vérité qu'elles triomphent; elles sont admises sans discussion, prêchées avec assurance, on les affirme, on les impose; on en fait des règles, et l'on se contente de rappeler, sans aucun raisonnement, à l'observance de ces règles ceux qui s'en écartent dans la pratique. S'il se rencontre quelqu'un d'assez hardi pour les rejeter, pour les attaquer, on dit sèchement qu'il ne mérite pas de réponse, et l'on s'en tient là. Mais peu à peu ces hommes.qui ne méritent pas de réponse, augmentent en nombre; ils en exigent une, et font tant de bruit que l'on ne peut plus faire semblant de ne pas les entendre; on est forcé de croire à leur existence, et il n'est plus permis de dire qu'on les a confondus quand en les a appelés des hommes à paradoxe. Alors il paraît des écrivains (et, par je ne sais quelle fatalité, ce sont toujours des hommes d'esprit), qui, par des argumens auxquels personne n'avait songé, prennent à tâche de prouver que la chose dont en contesté la vérité est d'une incontestable utilité; qu'il ne faut pas en examiner le principe à la rigueur que, dans la guerre qu'on lui fait, il y a quelque chose de léger, de puéril même; que les raisons que l'en entasse, pour en démontrer la fausseté, sont d'une évidence, tout-à-fait vulgaire, presque niaises. Ils vous disent qu'il ne faut pas s'arrêter à l'apparence, mais bien, chercher, dans la durée de cette opinion, les raisons de sa convenance, et la preuve de son utilité dans l'heureuse application qu'en ont faite des hommes qui étaient bien d'autres génies que les hommes d'à présent.

Quand elles, en sont à cette seconde époque, les erreurs ont peu de temps à vivre: une fois dépostées de leurs premiers retranchemens, elles ne peuvent plus s'y rétablir. Or, je ne serais pas loin de croire que la règle des deux unités en est à sa seconde période; en ne prétend plus la fonder sur l'dée de l'illusion et de la vraisemblance, idée absolue, et avec laquelle il n'y aurait pas lieu à transiger; mais cette idée n'est pas soutenable, la fausseté en est reconnue. Il faut donc prouver que les règles n'étant pas nécessaires par elles-mêmes, le sont du moins pour obtenir certains effets réputés avantageux, et qui dépendent de leur observance. Elles se trouvent dès lors dans une position nouvelle, qui paraôt encore assez bonne; elles y sont défendues par des hommes habiles, je le sais: mais dans ce changement de position je ne puis voir qu'un pas, et même un grand pas de l'erreur à la vérité.

Oserai-je vous dire, Monsieur, qu'en France même, où les règles dont nous parlons paraissent si affermies, où l'on est accoutumé à les voir appliquées à des chefs-d'œuvre hors de toute comparaison dans le système suivant lequel ils ont- été conçus, et qui ne périront jamais, oserai-je vous dire que l'époque de leur décadence n'est probablement pas bien éloignée? Ce qui me porte à le croire, c'est la tendance historique que le théâtre français semble prendre depuis quelque temps. Des essais isolés, et suivis quelquefois d'un succès éphémère, avaient bien paru, à d'autres époques; mais jamais la tendance n'avait été décidée, et les causes en sont bien connues et seraient bien aisées à dire. Mais, de nos jours, nous avons des tragédies historiques auxquelles des succès soutenus et brillans ont déjà promis le suffrage de la postérité; aujourdhui, de beaux talens sont entrés dans cette carrière, et semblent avoir ouvert à l'art dramatique une période nonvelle, qui ne sera pas moins glorieuse que la précédente. Or, je m'abuse fort, ou, à mesure que l'art théâtral fera de nouveaux pas dans le vaste champ de l'histoire, on aura plus d'occasions de constater les inconvéniens de la règle des deux unités; et les hommes nés avec du génie en viendront à la fin à s'indigner des entraves qui les empêcheraient de rendre fidèlement les conceptions où ils verraient leur gloire et les progrès de l'art. Ils sentiront l'étrange duperie qu'il y aurait, pour eux, à renoncer aux matériaux tragiques si imposans, si variés, qui leur sont donnés par la nature et la réalité , pour en forger de romanesques. Dans tous les temps, dans tous les pays, ils trouveront des hommes que l'énergie de leur caractère a poussés hors de la sphère commune, qui ont échoué ou réussi dans de grandes choses, et donné les mesures des forces humaines. Ces heureux talens se demanderont avec impartialité si les poëtes dramatiques qui ont méprisé les règles, et les nations qui admirent ces poëtes, sont effectivement, comme on l'a tant dit, des poëtes et des nations barbares. Ils examineront cette loi qui aura tyrannisé leurs devanciers; ils remonteront à son origine; ils verront quels hommes l'ont rendue, pour quels motifs elle l'a été, et s'indigneront de la proposition de continuer à y obéir. Si général que puisse être le préjugé dominant, il leur faudra moins de courage pour s'y soustraire, quand ils songeront que la plupart des poëtes dont les ouvrages leur ont survécu, ont eu aussi quelque préjugé à vaincre, et ne sont devenus immortels qu'en bravant leur siècle en quelque chose.

Il est d'ailleurs impossible que ce préjugé ne s'affaiblisse pas de jour en jour; le goût toujours croissant des études historiques finira par modifier aussi les idées des spectateurs, et par rendre rares et difficiles les succès de théâtre qui ne sont fondés que sur l'ignorance du parterre. L'histoire paraît enfin, devenir une science; on la refait de tous côtés, on s'aperçoit que ce que l'on a pris jusqu'ici pour elle n'a guère été qu'une abstraction systématique, qu'une suite de tentatives pour démontrer des idées fausses ou vraies, par des faits toujours plus ou moins dénaturés par l'intention partielle à laquelle on a voulu les faire servir. Dans le jugement du passé, dans l'appréciation des anciennes mœurs, des anciennes lois et des anciens peuples, de même que dans les théories des arts, ce sont les idées de convention et la prétension vaniteuse d'atteindre un but exclusif et isolé, qui ont dominé et faussé l'esprit humain.

A mesure que le public verra plus clair dans l'histoire, il s'y affectionnera davantage, et sera plus disposé à la préférer aux fictions individuelles. Accoutumé à trouver, dans la connaissance des événemens, des causes simples, vraies et variées à l'infini, il ne demandera pas mieux que de les voir développer sur la scène; il finira même, je crois, par s'étonner et par murmurer, si, assistant à une tragédie dont le sujet lui est connu, il s'aperçoit que, pour ne pas hurter un préjugé, on a négligé les incidens les plus frappans et les plus relevés de ce sujet. Déjà des tentatives hardies ont été faites sur la scène française pour transporter l'action des bornes de la règle à celles de la nature; et ces tentatives, repoussées avec une colère qui aurait bien voulu être du mépris, ont du moins manifesté un commencement de volonté de secouer le joug. Mais des transgressions plus prudentes n'ont reçu que des applaudissemens; et, pour peu que les écrivains qui se les sont permises veuillent et sachent mettre à profit l'ascendant que donnent des succès obtenus pour en obtenir d'autres, je crois qu'il ne tient qu'à eux d'arriver à détruire la loi à force d'amendemens. Mais, si cela arrive, où s'arrètera-t-on? On n'ira pas trop loin; la nature y a pourvu; elle a posé des bornes, et l'art du poëte consiste à les connaître. Ces bornes sont la faiblesse même de l'homme; sa vie est trop courte; l'influence de sa volonté est trop facilement resserrée par les obstacles les plus prochains; l'énergie de ses facultées, la force même de sa conception, diminuent trop à mesure qu'elles agissent sur des objets plus éloignés et plus épars, pour qu'une action humaine puisse jamais s'étendre et se prolonger au delà de certaines limites. Ainsi, tout poëte qui aura bien compris l'unité d'action verra dans chaque sujet la mesure de temps et de lieu qui lui est propre; et, après avoir reçu de l'histoire une idée dramatique, il s'efforcera de la rendre fidèlement, et pourra dès-lors en faire ressortir l'effet moral. N'étant plus obligé de faire jouer violemment et brusquement les fait entre eux, il aura le moyen de montrer, dans chacun, la véritable part des passions. Sûr d'intéresser à l'aide de la vérité, il ne se croira plus dans la nécessité d'inspirer des passions au spectateur pour le captiver; et il ne tiendra qu'à lui de conserver ainsi à l'histoire son caractère le plus grave et le plus poétique, l'impartialité.

Ce n'est pas, il fatut le dire, en partageant le délire et les angoisses, les désirs et l'orgueil des personnages tragiques, qua l'on éprouve le plus haut degré d'émotion; c'est au-dessus de cette sphère étroite et agitée, c'est dans les pures régions de la contemplation désintéressée, qu'à la vue des souffrances inutiles et des vaines jouissances des hommes, on est plus vivement saisi de terreur et de pitié pour soi-même. Ce n'est pas en essayant de soulever, dans des àmes calmes, les orages des passions, que le poëte exerce son plus grand pouvoir. En nous faisant descendre, il nous égare et nous attriste. A quoi bon tant de peine pour un tel effet? Ne lui demandons que d'être vrai, et de savoir qua ce n'est pas en se communiquant à nous que les passions peuvent nous émouvoir d'une manière qui nous attache et nous plaise. Mais en favorisant en nous le développement de la force morale à l'aide de laquelle on les domine et les juge. C'est de l'histoire que le poëte tragique peut faire ressortir, sans contrainte, des sentimens humains; ce sont, toujours les plus nobles, et nous en avons tant besoin! C'est à la vue des passions qui ont tourmenté les hommes, qu'il peut nous faire sentir ce fond commun de misère et de faiblesse qui dispose à une indulgence, non de lassitude ou de mépris, mais de raison et d'amour. En nous faisant assister à des événemens qui ne nous intéressent pas comme acteurs, où nous ne sommes que témoins, il peut nous aider à prendre l'habitude de fixer notre pensée sur ces idées calmes et grandes qui s'effacent et s'èvanouissent par le choc des réalités journalières de la vie, et qui, plus soigneusement cultivées et plus présentes, assureraient sans doute mieux notre sagesse et notre dignité. Qu'il prétende, il le doit, s'il le peut, à toucher fortement les âmes; mais que ce soit en vivifiant, en developpant l'idéal de justice et de bonté que chacune porte en elle, et non en les prolongeant à l'étroit dans un idéal de passions factices; que ce soit en élevant notre raison, et non en l'offusquant, et non en exigeant d'elle d'humilians sacrifices, au profit de notre mollesse, et de nos préjugés.

Pour terminer cetto lettre déjà si longue, permettez-moi, Monsieur, de vous exprimer un sentiment bien agréable que m'a fait éprouver l'article dans lequel vous avez combattu mes opinions littéraires.

En examinant le travail d'un étranger, qui n'a pas l'honneur d'être connu personnellement de vous, vous y avez repris ce qui vous a paru contraire à l'idée que vous avez de la perfection dramatique; mais vos critiques, adoucies même par des encouragemens flatteurs, ne sont conçues, pour ainsi dire, que dans l'intérêt universel de la littérature. On n'y voit aucune trace de cet esprit d'aversion et de dédain avec lequel on a traité trop souvent, dans tous les pays, les littératures étrangères. Vous combattez même, Monsieur, pour les foyers poétiques de l'Italie, un homme qui voudrait voir dans tous les pays la perfection de l'art, et qui la regarde, partout où elle se trouve, comme la richesse de tous, comme un patrimoine acquis à toute intelligence capable de l'apprécier. Je ne vous ferai pas le tort de vous louer de cette disposition qui se manifeste partout dans votre écrit, puisque la disposition contraire est injuste et absurde; mais je ne puis ni ne veux me défendre de l'impression heureuse que toute âme honnête éprouve sans doute en voyant ce besoin de bienveillance et de justice devenir de jour en jour plus général en France et en Italie, et succéder à des haines littéraires que leur extrème ridicule n'empéchait pas d'être affligeantes. Il n'y a pas longtemps encore que juger avec impartialité les génies étrangers attirait le reproche de manquer de patriotisme; comme si ce noble sentiment pouvait être fondé sur la supposition absurde d'une perfection exclusive, et obliger, par conséquent, quelqu'un à prendre une jalousie stupide pour base de ses jugemens; comme si le cœur humain était si resserré pour les affections sympathiques qu'il ne pût fortement aimer sans haïr; comme si les mêmes douleurs et la même espérance, le sentiment de la même dignité et de la même faiblesse, le lien universel de la vérité, ne devaient pas plus rapprocher les hommes, même sous les rapports littéraires, que ne peuvent les séparer: la différence de langage et quelques degrés de latitude. C'est une considération pénible, mais vraie, que des écrivains distingués, que ceux-là même qui auraient dû se servir de leur ascendant pour corrigerle public de cet égoisme prétendu national, aient, au contraire, cherché à le renforcer; mais le sens commun des peuples et un sentiment prépondérant de concorde, ont vaincu les efforts et trompé les espérances de la haine. L'Italie a donné naguère un exemple consolant de cette disposition. Un homme célèbre, et qu'elle était accoutumée à écouter avec la plus grande déférence, avait annoncé qu'il lassait après lui un écrit où il avait consigné ses sentimens les plus intimes. Le Misogallo a paru, et la voix d'Alfieri, sa voix sortant du tombeau, n'a point eu d'éclat en Italie, parce qu'une voix plus puissante s'élevait, dans tous les cœurs, contre un ressentiment qui aspirait à fonder le patriotisme sur la haine. La haine pour la France! pour cette France illustrée par tant de génie et par tant de vertus! d'où sont sortis tant de vérités et tant d'exemples! pour cette France que l'on ne peut voir sans éprouver une affection qui ressemble à l'amour de la patrie, et que l'on ne peut quitter sans qu'au souvenir de l'avoir habitée il ne se mêle quelque chose de mélancolique et de profond qui tient des impressions de l'exil! ....

FIN DE LA LETTRE À M. C * * *.

Liked This Book?

For More FREE e-Books visit Freeditorial.com